彩虹琥珀

Rainbow Amber

木更木更·著

长江出版社
CHANGJIANG PRESS

"花瓶挺漂亮的。"

郑予安慢了半拍，

讷讷道："我以为你没看到呢。"

晏舒望的目光像流连的灯火，

"郑予安，"晏舒望平静道，

"我看到了。"

Drink Menu

"晏总喜欢什么样的？"

"我喜欢不重要，得那人喜欢我才行"

"谁会不喜欢您啊。"

晏舒望突然问他："什喜欢？"

郑子晖："……"

郑子晖明明没喝醉，脑子却变得有些迟钝。

他最后也只能干巴巴地道："晏总什么意思？"

晏舒望先笑，过了许久，模糊用承认这道

"我寻……碰开……是这意。"

彩虹琥珀
Rainbow Amber

酷威文化

Cai Hong Po

目录

Content

目录

Content

Rainbow Amber

每个琥珀都是一段历史，

你这一串，

承载着地球上的几万年。

第一章

红

"颜色不要太夸张，偏棕吧。"

理发师撩起一缕发看了看，笑道："你很白呢，不考虑浅点的颜色吗？"

郑予安从色卡里抬起头，朝着面前的镜子笑了一笑："不行欸，我这工作，发色不能显眼，深一点吧。"

当了三年柜员、两年客户经理再加上借调到银监两年，郑予安借调结束后接连高升，在今年 3 月终于坐上了 JS 银行公司部主任的位置。

银行向来是个人才辈出、竞争激烈的地方，能在八年间爬到中高管理层，郑予安的运气实在不差。

5 月初忙过了开门红，郑予安才有时间来相熟的理发店弄头发。

理发师是店里的二老板，长期合作下来，算是最了解他头型的那一个，一阵子没见，总要寒暄几句。

彩虹琥珀

"以后要喊你郑总了呀。"理发师翘着兰花指给他做柔顺,"你好久不来,我们生意都不好了。"

郑予安微微歪着脑袋方便他打理,闭着眼说话:"瞎说了,我要不提前预约,今天哪轮得到我?"

园区湖西的中心位置,铺面价格寸土寸金,能在这儿开店的不说有两把刷子,三四五六把都是应该的,这家名为 NIHOME 的造型店主打日系风格,白领阶层的顾客占百分之八十,做造型得预约,女性主顾非常赏脸。

郑予安的头发偏软,有些自来卷,短发的感觉都像烫过,剪得干净利落些后,周围许多人都忍不住或明或暗地打量他。

理发师示意他去冲水。

郑予安站起身。

他很高,身体比例趋近完美。

不过更吸引人的还是那副皮相——双眼皮、高眉骨,从侧面看有些混血的感觉。郑予安偶尔在外面吃饭时也会被人搭讪,问他是不是外国人。

"帅哥在我们这儿有'特权'啦。"

理发师殷勤地给他按着头皮:"特别是像郑总这样的大帅哥。"

郑予安听这类夸赞早已经习惯了,从有最初级的审美意识开始,不论到哪儿,见什么人,对方都能一眼就被他的外貌吸引,就连刚

004

进银行当柜员的那阵子他也因外形出众得过不少工作上的便利。

如会计部门一帮红尘里摸爬滚打半辈子，见的钱比人还多的"铁娘子"，只要看到他来，都柔情似水、嘘寒问暖的，可见好皮囊有时候比钞票还要讨人喜欢。

理发师最后给他染了棕灰色，刘海虽然剪短了却没抄上去，这让不穿正装的郑予安看上去比实际年龄小了不少。

郑予安理了理衣领去柜台刷卡，理发师跟着，又问他："晚上要不要约着喝一杯？"

"你去的酒吧我可不能去。"郑予安看他一眼，笑容坦然。

理发师倒也没有被拆穿的尴尬，就挺可惜地叹了口气。

郑予安拍了拍他的肩膀："想喝酒可以找个大排档，你有空了微信上约我。"

理发师心花怒放，拿手指头戳他肩膀："郑总你真是坏呢，人家好不容易才死心。"

郑予安失笑："你这话要是被你老板听到了，大概得禁止我下次预约。"

理发师无所谓道："没事，他不会担心的。"

郑予安发现自己的吸引力还是从上一任女友嘴里知道的。

安代是郑予安历任女友中唯一一个搞艺术的。

她有一家策展传媒公司，每年要去全国各地搞艺术展览。

郑予安与她交往时也去参加过一两次，印象最深的是一场别墅私人陶艺交流会，他在安代的引荐下认识了陶艺师白间。

安代在白间面前表现得非常外向："予安的长相，很符合你的审美。"

郑予安一时没反应过来，他看向白间，对方是个长相清秀、气质温和而优雅的男人。

白间很大方地说："不介意我们谈论你的长相吧？"

郑予安："当然不介意。"

郑予安是真的不介意，这对他来说不是什么稀罕事。

郑予安更不古板，他有两年留学经历，去的还是英国，他总能从各种人嘴里听到对他外表的点评。

"你男朋友是个gentleman（绅士）。"白间称赞道，"自信、充满魅力，他的个性比他的脸更吸引人。"

可惜安代还是和他分手了。

"你太好了。"郑予安一直记得安代最后和他说的话，"感觉我还是更喜欢'坏男人'啊。"

郑予安好就好在，他没有撕破脸的前任。

安代到现在还与他有着朋友般的来往，白间之后有好几次来苏城开个人陶艺展，三个人总会找时间聚一下。

艺术家似乎总喜欢喝咖啡，郑予安每次与他们见面都是在新开的或者小众的精品咖啡馆里。

"麻雀"这家咖啡馆便是在十全街上，店面不大，门口摆着靠墙的铁质长椅。因为离苏城大学很近，不少年轻的学生也会来探店，拍一些照片，然后发朋友圈。

"我刚刚送走唐老板。"安代穿着一条素色的百褶长裙，上身是简明的黑，"她还向我打听你呢。"

来"麻雀"的有钱人不少，唐老板就是其中一位，JS银行的高净值客户，家里经营着古董、金融生意，与安代有业务往来，两人还是十多年的好闺密。

郑予安要了一杯肯尼亚酒，他掏出烟来，递给安代一根。

女人很优雅地吞云吐雾："你太受欢迎了。"

"唐老板是大忙人，就过来买杯咖啡，看到你才会问我一声。"

安代笑了。

她夹着烟的手轻撩头发，叹了口气："你怎么这么好啊？"

郑予安开玩笑似的说："我这么好，你不还是不要我了？"

安代的性格在以前就有些敏感和自卑，郑予安则一直是包容的，女人总是要更细致些，碰到太完美的对象，情感反倒会淡很多。

他们俩在交往的时候，都不像在谈恋爱，所以回归朋友反而处得更舒服。

安代抽完一根烟，神情很是放松："你知道吗？他要来苏城开工作室了。"

郑予安喝了口咖啡，有些惊讶："确定了？"

安代点头："这边政府有文化基金扶持，税什么的都很合算，氛围也好，他早就想来了。"

"那挺好的。"郑予安笑，"等下得让他来我们银行开个户。"

安代白了他一眼："郑总哪看得上这点小钱？"

郑予安说："那不一样，朋友间情分不同的。"

安代似乎被他这八面玲珑的温柔给噎到了，很做作地抖了抖胳膊。

五月还不是很热，白间来了后，三个人一块儿说了会儿话。

"麻雀"店小，下午人一多，环境就变得嘈杂起来，郑予安便考虑坐到外面去。

郑予安像是服务业做久了，哪怕当了领导，也有一分不动声色的体贴，还是从骨子里漫出来的那种，细微到不让人发现。

比如白间不抽烟，郑予安就不会当着他的面抽。这个习惯在郑予安这里不分男女，就像白间说的，他的确是个 gentleman。

安代受他影响，隔了远一点跟另一帮人抽，她换了款爆珠烟，其实相比中规中矩的苏烟，她更喜欢辣一点的。

白间和郑予安聊到开户的事，大致讲了一些，白间心里就有数了。

"政府有扶持的项目，我们会和政府对接。"郑予安一手插着裤子口袋，一手握着咖啡杯，他比白间还要高半个头，此刻微微低着头看人，"老师的作品这么优秀，无须担心什么。"

白间被他叫得有些不好意思，郑予安从认识他开始就一直喊他老师，偶尔在正式场合需要介绍时才会唤他"白先生"。

"郑总就别叫我老师了，怪不好意思的。"

郑予安抬臂喝了口咖啡，他穿着棉麻质地的衬衫，袖子卷到肘部，露出线条漂亮的前臂，说："老师叫我郑总才是客气了。"

双休刚过完，星期一又开始"打仗"，JS银行风气开放，只要不是柜员，男女着正装即可，不硬性规定穿行服。

郑予安去地库停好车，等电梯的时候才把西装套上。天气热了后，他便不系领带了，扣子放了两粒，稍显得随意了些。

没想到在电梯里碰到了秦汉关。

"秦行长。"郑予安点了点头。

秦汉关盯着他说道："太帅了啊，注意点形象。"

郑予安哭笑不得，要说长得怎么样，JS园区支行的两大牌面，一个是郑予安，另一个便是行长秦汉关。

两人办公室都在高层，乘电梯当中陆续有员工进来。

郑予安性子随和，又是一步一步升上来的，不像"空降"的高管那样难以接近，所以员工与他关系都很不错。

银行里本来女性就多，再加郑予安长相吃香，电梯里满了人后，几乎所有女的都挤在他那边。

秦汉关不爽地"啧"了一声。

"今天 WE GO 会派人来谈融资贷款的事。"陈莉是郑予安的秘书，比较大的单子一般由她来和郑予安说，"我们得安排时间见一下。"

"WE GO？"秦汉关在一旁插话道，"那家线上旅游服务公司？"

"人家现在是园区最大的网络新型科技产业，早不是八年前的小作坊啦。"

秦汉关说："那是得见见。"

郑予安刚入行时待的就是对公柜台，WE GO 可以说是他看着一步一步发展起来的，从柜员到对公经理，WE GO 的材料郑予安都非常熟悉。

"我去了银监两年，他们好像要上市了？"郑予安问。

陈莉点头说："他们今年是有这个打算，所以很多证券公司都在接触，他们与我们银行合作比较早，所以近水楼台先得月，贷款什么都会优先考虑我们。"

郑予安想,高净值企业客户,他们要是不积极点,随时都有可能被大行抢过去。

秦汉关当然也很清楚这点,指了指郑予安,道:"好好招待一下。"

郑予安系上了领口的扣子,笑着低声道:"我可比你心急。"

WE GO 这次要的金额非常大,接近 3 个亿,期限 5 年,他们的财务报表已经提前给了郑予安,他得花些时间才能看完。

陈莉进来的时候郑予安的烟才抽到一半,他说了一声"抱歉",然后把剩下半根按灭在了烟灰缸里。

"WE GO 的人已经来了,是章秘书。"陈莉说。

郑予安有些惊讶:"CFO(首席财务官)不亲自来吗?"

"说是被一个临时会议绊住了,今天只是见个面,章秘书应该是来邀请我们去他们总部的。"

郑予安的表情不置可否,他其实无所谓见谁,只是看到报表上的签名时有一两分的好奇。

"晏舒望。"

郑予安在脑海里过了一遍这名字,他八年前还在柜台的时候,"晏舒望"这三个字他就经常见到。WE GO 月初发工资,月底财务送来的单子上就有这个签名。

"晏总也是 WE GO 的'肱股之臣'了。"陈莉说道,"WE GO 创立之初他就在了,一直负责财务这块,听说最初一笔天使投资也是他谈下来的,很厉害哦。"

成功人士向来是工薪阶层嘴里的谈资,金融圈虽没娱乐圈那么红火,但出一两个厉害的人也会被津津乐道很久。

WE GO 和 JS 银行的合作缘分很长,企业工资卡都是 JS 银行的特供版,为表诚意,合作初期 JS 银行便设计了一套 WE GO 的专属 logo(标志)印在卡面上。

诚意满分、服务到位,WE GO 这么多年来不离不弃也不是没有道理。

章秘书正等在会客室里,他看到郑予安时笑得非常爽朗。

"小郑啊。"章晋结婚后发福得比较明显,笑起来双下巴都能看见,"恭喜高升,好久不见啦。"

"好久不见。"

郑予安与他握手,WE GO 的财务没有几个是郑予安不熟的,章晋也是老人了,最早他没到现在这个位置时还来银行给过票,郑予安接待过好几次,直到前两年他被调去银监,章晋还来问他是不是转岗了。

"我就说你从银监回来肯定能当领导了。"看得出来章晋是真心为他高兴,"熟人好办事,咱们往后要'亲上加亲'了。"

章晋果然只是个"蹚水客",露个脸,与郑予安忆忆往昔,套套近乎。

郑予安掏出烟,章晋赶忙又说:"哎呀,抽我的。"

郑予安也不跟他客气,接了烟点上。

章晋看着他手边的苏烟笑起来:"我刚开始知道你抽这烟时还觉得贵呢,一个小柜员,抽 48 块钱一包的烟。"

郑予安把远处的烟灰缸拉到近前来:"这烟好抽,壳子也漂亮。"

章晋笑道:"知道你是真喜欢。"

郑予安笑笑没说话,章晋抽了会儿烟,似乎想起什么来:"不过晏总也和你抽一样牌子的烟。"

郑予安愣了一愣,不是太相信:"真的?"

"我骗你干什么?晏总的烟可不是谁都能抽的,我跟他这么久,才被递过一两根。"

郑予安朝他挤眼睛:"您这烟抽得比晏总贵啊。"

章晋还挺得意:"咱企业文化不在乎这上下级关系,晏总虽然脾气不怎么样,但也是讲道理的人。"

郑予安装作头痛道:"哥你说得我都怕了。"

章晋踹他腿："说的什么话，哪有你对付不来的人哪？"

WE GO 的人走的时候，秦汉关还特意下来了一趟，郑予安和章晋约好了下周去 WE GO 总部，秦汉关可能也要同行。

"最好吃个饭。"

秦汉关祖籍北方，比郑予安还要高一点，他自诩"野兽派"美男子，头发抹了发胶，竖得根根分明。

章晋对他要比对郑予安客气："吃饭得您赏脸啊。"

秦汉关道："郑总酒量好得很，主要看晏总的意思。"

章晋笑了笑，没拒绝也没答应。

秦汉关等人走了，才咂了咂舌："难搞啊。"

郑予安道："章晋心思细腻，他能来，表示 WE GO 很重视这次合作。"

秦汉关意外地看了他一眼："你很了解晏舒望？"

"那倒没有。"郑予安笑，"我与他不熟，之前可能面都没见过。"

秦汉关想了想："不一定，我记得你在对公柜台做过，后来还做了客户经理，手头不是一直跟 WE GO 有合作？"

郑予安点头："是。"

秦汉关摸着下巴："那你们应该见过，他们还是'小作坊'的时候，晏舒望来过几次，你没印象了？"说完，秦汉关又把自己给否了。

"要是没印象就可能真没见过，晏舒望这人，见过一次的都不会忘了。"

郑予安有些意外："怎么讲？"

秦汉关神神秘秘的，拿手遮着嘴像说什么见不得人的话："晏舒望，大帅哥，喜欢留长发，三十五岁了还未婚，我怀疑他根本就不想找。"

郑予安："哦……"

秦汉关要是认识安代，大概会被艺术才女骂一顿。

传言这种东西，郑予安向来不会尽信，这几天他都在加班加点地看 WE GO 的财务报表。

领导加班，一个部室的员工也只能陪着。

陈莉第三次进来清烟灰缸时，郑予安才发现他的烟抽完了。

"几点了？"他问陈莉。

"快十一点了，要走吗？"

郑予安看了眼表格，烟抽多了嘴里泛苦："走吧，我来关灯。"

陈莉知道他体贴，也没争，先出去收拾东西。

郑予安保存文件，关了电脑，他把西装挂在臂弯里，检查完电源才推门出去。

陈莉在等他。

"晚上开车要小心。"郑予安按下电梯键,"要没什么事不用陪我加班到这么晚。"

陈莉笑着说:"没事的郑总,我老公这阵子晚班,正好来接我。"

郑予安反应过来,知道自己这下属是在秀恩爱,心里有些感慨。

自从被借调到银监去之后,郑予安已经三年多没与女性交往过了,他忙于事业,也没有刻意地去找女朋友。

门口果然有车在等着陈莉,郑予安看了一眼,想想有些后悔没把 WE GO 的材料拷贝一份,漫漫长夜,孤枕难眠的,最起码还能有事干。

谁都不想开门红刚结束就连续加班,郑予安也不乐意这么"虐待"手底下的人。

白间在周五的时候来 JS 银行开了户,郑予安特意抽空下楼去见他。两人办完业务后,在附近喝了杯咖啡,白间邀请他来参加自己周日的陶艺展。

"很私人的展,来的都是些朋友的朋友。"

白间知道郑予安是个有分寸的,人虽然亲和,但始终保持着适当的距离。

郑予安笑道:"老师的展我怎么能不去,邀请函呢?"

白间发了电子版的到他微信上。

两人又说了会儿话才分开，郑予安回办公室之前去了一趟吸烟区，结果秦汉关也在。

男人手里夹着烟，看到他扬了扬腕子："来了。"

郑予安也从苏烟壳子里敲出一根来，叼在嘴里。

秦汉关又嘴贱："你这烟不够烈。"

郑予安瞟了一眼对方手上的烟，不太想讨论这话题。

秦汉关倒也不会一直找他的碴儿，两人边抽烟边谈公事，最后还是说回 WE GO 的业务上。

对方的财会能力很强，规模也大，一路版图扩下来，郑予安最清楚不过，秦汉关从不怀疑郑予安的能力，只是和大企业的财务过招并不是件容易的事情，更何况晏舒望手底下除章晋外还有罗燕，左右都不是省油的灯。

"他们还是德勤的客户。"秦汉关弹了弹烟灰，"不少大银行都盯着呢。"

"我们跟的时间久，总有优势。"

"晏舒望不好伺候，你见过就知道了。"

郑予安烟抽了一半，笑笑道："不得罪他就行了。"

"你想的倒是容易。"秦汉关笑了一声，又说，"他酒量很不错，你俩倒是棋逢对手。"

郑予安说："不喝混酒就行。"

秦汉关叼着烟笑，他突然想起什么，掏出手机来给郑予安看："我有那家伙照片，你要不要看看？"

郑予安刚想说不用，奈何秦汉关已经把手机伸到了脸前面，他一低头就能看见。

"怎么样？"秦汉关问。

郑予安夹着烟的手没有动，烟灰烧断了一些，细碎落在了袖子上。

"你这个是在哪儿偷拍的？"郑予安问。

照片里的男人留着长发，五官因为离得太远拍得并不清楚，身量很高，鹤立鸡群，是个"衣架子"。

秦汉关没什么负罪感："问他们公司的小姑娘要的。"

郑予安手里的烟差点没拿住，无奈地笑了笑。

说好要去白间的展，郑予安星期日便没赖床，还顺便去接了安代。对方很忙，在他车上讲了几乎一路的电话，快到地方时才有时间给他介绍。

"今天来的很多都是些企业负责人。"安代翻出车顶的挡板，对着镜子抹口红，"大老板呢。"

郑予安笑道："都不懂艺术，来干吗呢？"

安代看了他一眼："说得好像你懂似的。"

"我是不懂。"郑予安替她拉开车门，弯下腰递出胳膊。

"所以才来长长见识啊，安老师。"

白间是展会的主人，忙起来总有招呼不周的时候。

郑予安算是安代身边的男伴，自由度要比别人高不少，就算大部分都是不认识的人，也不觉得有什么拘谨的地方。

作为现代陶艺的领军人物，白间的代表作是一只陶艺猫头鹰，郑予安在他这边买过一个烟灰缸，如今还一直用着。

与安代打过招呼后，郑予安一个人在别墅逛了会儿。

里面来的人的确有不少企业负责人，金融只要半个圈子一重叠，郑予安的社交就没什么难度，某老板、某总地互相客气两声，手里带来的名片到最后都不太够用。

甜品台上摆着香槟，安代取了两杯来，与郑予安碰了碰。

"那一边是白间圈子里头的朋友。"安代朝着走廊尽头努嘴。

郑予安要开车，不打算真的喝酒，他问："都是艺术家？"

"怎么可能？也有大老板的，他们基本上都是朋友带朋友，好几个我也不认识。"

郑予安起初并不在意，看过去一两眼便挪开了视线。

白间似乎说了什么，一行人才移动了位置，人影交错换位。

郑予安又多瞄了几眼。

安代打量他神色道:"有认识的人?"

郑予安等那伙人消失在了视野里,才不怎么确定道:"我也不晓得。"

安代莫名其妙:"你最近太忙了吧?"

郑予安叹息似的笑了笑:"有可能。"

星期一大早上章晋就来了电话,他嗓门没降音,吼出了立体环绕声效果来:"小郑啊,什么时候来啊?"

郑予安正在收拾东西,他把肩膀抬高了夹着手机,笑道:"下午就来。"

章晋:"中午就来吧,我们大楼食堂的菜不比银行差。"

郑予安想想也没什么问题,便跟秦汉关打了声招呼,带着陈莉先过去。

同样是在园区,WE GO 的大楼在湖东的科技创业园里,算是斥巨资建的,南北两栋,中间天桥连着,顶上挂了个巨大的 WE GO 霓虹灯,要是夜里过来,一定非常醒目。

章晋亲自出来接人,等电梯的时候又给他递了根烟。

郑予安接了却没点上,他随意把烟拢在掌心里,进了电梯。

"去我办公室?"章晋叼着烟说话。

郑予安点头,他回头吩咐陈莉:"你去找罗姐聊聊天。"

陈莉笑着答应了一声，等她出去后，郑予安才把章晋给的烟点上。

章晋道："等下见见我们晏总？"

郑予安瞟他一眼，把烟用两指夹着，手腕贴在脸颊边上："不是说好去食堂吃饭吗？"

章晋笑道："你以为真会让你吃食堂啊，咱们没那么抠。"

郑予安笑笑，不置可否，他和章晋没聊多久，罗燕便来了。

四十出头的女人，一朵开不败的花。

郑予安总觉得罗燕这八年间好像没什么太大变化，只是妆容更明艳了些，她比章晋要客气，喊郑予安"小郑总"。

其实郑予安也有三十了，称呼个"小"字总有些装嫩的嫌疑，但这房间里除了陈莉，基本都大他半轮岁数，倒也不是叫不得。

结果四个人最后还是去了 WE GO 的食堂。

反过来还要郑予安安慰他："我真不介意吃食堂。"

这话的确发自肺腑，就算是员工食堂，WE GO 的餐厅也够得上饭店的水准，甚至还有点菜服务，算是挽救了些章晋的颜面。

与不抽烟的女士同桌，郑予安自然不会吞云吐雾，他吃到一半的时候发现楼上又下来了人，罗燕"呀"了一声，有些意外道："晏总来了呢。"

郑予安抬起头，跟着看了过去。

晏舒望，三十五岁，未婚。

秦汉关那边还有两个标签：长发、大帅哥。

名字、年龄和婚姻状况肉眼其实看不出来，但大帅哥和长头发这两个点，却是无论如何都不会出错的。

郑予安记得周日在白间的陶艺展上他多看了两眼的人。

"还挺巧啊。"章晋招呼了一声，"晏总！"

晏舒望的目光游弋过来，落在了郑予安的身上。

许是久见不怪，罗燕和章晋对自家老总的外貌该是有了些免疫力，可陈莉就不行了，小姑娘一个没站稳，又坐回了位子上，嘴半张着，脸蛋通红。

郑予安没有动，他微微颔首，以为晏舒望不会走过来，结果下一秒，对方皮鞋头便掉转了方向。

腿长路短，不过几步，晏舒望已经到了四人桌边上，他朝郑予安伸出手，带着些居高临下的打量味道："晏舒望，WE GO 的财务总监。"

郑予安站起身，与他握了握："你好晏总，我是 JS 银行的郑予安。"

晏舒望的掌心温暖干燥，指骨修长，他握了几秒，松开，郑予安离得近了才发现，对方比他还要高半个头。

"就点这么几个菜吗？"

晏舒望扫了一眼餐桌，他语速并不快，与长相有一种奇妙的适配感。

章晋道："还没上齐呢，您这就来了。"

郑予安意外地看了他一眼，毕竟事先并没有说好要一起吃午饭，早知道晏舒望会来，他怎么都不会来人家的员工餐厅就这么随便打发一顿。

"我有饭局。"

晏舒望并不打算坐下，他嘴唇微抿，露出了一个浅淡的笑容来。

"郑总慢用，我们下午再谈公事。"

郑予安被对方这突如其来的一笑惊得不轻，恍了恍神，答应道："好。"

陈莉直到晏舒望走了一会儿还没醒过神来，她捂着脸低声惊叫道："我的妈呀！"

罗燕显然很理解她，感慨道："我与晏总共事八年，四十岁了还能坚持每天早上化妆来上班的动力，就是晏总的脸。"

陈莉吁了口气，也笑了："那我也不亏，咱们郑总的脸也值得我化妆。"

郑予安但笑不语。

罗燕啧啧道："小郑总也是大帅哥了，刚才你们站一块儿真是赏心悦目啊。"

赏心不赏心，悦目不悦目，郑予安是没工夫关心了，毕竟秦汉关追在屁股后面问东问西更加让人头痛。

"你们见面了？"

秦行长什么都好，就是话有点多。

郑予安正准备去会议室，陈莉给他泡了杯咖啡，郑予安轻声道谢。

"我是来谈钱的，不是来交朋友的。"郑予安握着咖啡杯，轻轻晃了晃，"不见他这钱怎么谈？"

秦汉关大笑："怎么样，晏舒望是个大帅哥吧？"

郑予安不说话，秦汉关虽然平日审美一般，但这次的确非常在线。

"你别有压力。"秦汉关莫名其妙地开始安慰他，"风格不同，你要有点信心。"

郑予安："哦……"

对高净值的大企业来说，融资贷款不算太困难的事情，金额越大，越重要的其实是监管，除了银行和企业，还需要证券的加入，组成"铁三角"，互相合作和监督。

3亿不小，但JS园区支行不是拿不出来，最终谈的还是利率优惠。

郑予安想过这钱谈得可能会棘手，只是没想到会这么棘手。

"合作这么久下来，JS 银行的诚意我是知道的。"晏舒望脱了西装，显露的身材与脸非常不符，"只是利率方面，不少银行都开得比你们低。"

难搞啊，郑予安心里再次感叹。

他之前不是没有打听过，近一个月 WE GO 接触了不下二十家银行，包括第一大行，JS 银行还能坚持不被踢出局，完全是 WE GO 看在往日多一些交情的分上。

"WE GO 当年创立初期，每个月发工资时的财务结算，都是晏总签的字吧？"郑予安沉默了一会儿，突然道。

晏舒望许是没料到他会突然提这茬儿，目光似有晦明，半晌才敷衍地笑了笑，问："郑总想说什么？"

郑予安的表情稍显怀念，他微低下头，像是不好意思似的挠了挠额发，又抬起头，看着晏舒望笑道："我当时还在柜台，经手过不少晏总签名的单子，对您的字迹印象深刻得很。"

利率不是不能让，但感情牌是一定要打的。

郑予安在休息室里给自己泡了杯速溶咖啡，出神想着些工作上的事情。

会议室里章晋和罗燕被叫了进去，郑予安趁机出来松口气，坐着下意识掏口袋时，才发现自己的西装落在了里面，烟和打火机都没带出来。

郑予安无语了几秒，情绪稍稍有些崩溃。

他背靠着墙壁，把咖啡杯放在一边，忍不住叹了口气。

休息室的门被人从外面推开了。

晏舒望嘴里叼着烟，边解着领口的扣子，边抬腿跨了进来，他看到郑予安时眉间动了一下，随即点了点头，招呼道："郑总。"

郑予安已经坐直了，他的笑容是提前演练好的，不会过分谄媚，更不谦卑，用秦汉关的话说就是恰到好处的微笑。

晏舒望盯着他看了一会儿。

"郑总抽烟吗？"晏舒望夹烟的姿势不太一样，他是食指和拇指捏着中间，掌心不会刻意挡住唇。

郑予安故做苦恼地说："我的烟在会议室里，忘带出来了。"

晏舒望敲了敲手里的烟盒，夹出了一根在指尖，然后非常自然地递到了郑予安的手边。

郑予安脑子里莫名想起了章晋曾经说过，晏舒望从不会随便派烟给别人。

他犹豫了一下，伸手把烟送进了嘴里。

"不好意思。"郑予安咬着烟说话含混，接着问，"有没有打火机……"

晏舒望笑了一下，他说："用不着。"

晏舒望把嘴里的烟取出，用手指夹着，凑到郑予安面前，将烟头贴上他的那根。

一缕烟飘着晃晃荡荡，火星子亮了几下。

等郑予安尝到了嘴里熟悉的味道后，他才想起来，晏舒望和他抽的是同一个牌子的烟。

第二章

橙

秦汉关在郑予安的眉心干脆利落地打了个响指，不耐烦地道："开什么小差呢？"

郑予安夹着烟，觑了领导一眼，慢吞吞地吐出烟圈，大拇指顶着太阳穴，问道："利率几个点你考虑好了吗？"

"这么大的金额得分行那边确定，我已经上报了。"

支行负责业务，分行负责决策，这是一般银行的工作流程，秦汉关肯上报就表示 WE GO 的要求 JS 银行是可以做到的，肥水不流外人田，合作这么久了，没有不继续的道理。

"这周还得见面谈。"秦汉关把烟灭了，"这次我也去。"

郑予安的表情淡淡的，主要是上次最后也没谈出什么实质性的东西来，他在休息室抽完了晏舒望递来的那根烟后，再回去就发现章晋和罗燕都不在了，只有他和晏舒望两个人。

"你在想什么呀？"秦汉关皱起眉，"不会工作中碰到哪个妹妹有艳遇了？"

郑予安眉头挑了下，瞥了秦汉关一眼，没好气地道："我又不是你。"

秦汉关指着他："放尊重点啊，我可是你领导。"

过了会儿，秦汉关又忍不住问："见了晏舒望感觉怎么样？"

郑予安不动声色地抽着烟："什么怎么样？"

秦汉关："那男人到底长得咋样？"

郑予安像是被迫回忆了一番，才说："假的。"

"什么？"

"像个假的。"

"什么假的？"

郑予安把烟按灭在垃圾桶上，淡淡地道："就像从漫画里走出来的男人，不怎么像真的。"

WE GO 之后几天来对接的都是章晋，他有郑予安的电话，经常打来骚扰，一半说工作，一半聊点别的。

"你们利率差不多定了？"章晋问。

郑予安的后背靠在工作椅上，整个人相对放松，边拿烟盒边道："我们可是诚意满分啊哥，你们要多少都给了，股债方面要不要也考虑下我们？"

优质企业银行也会拿出钱去投资，跟风投的性质有些类似，只不过这方面要看企业的态度，不想被太多稀释股权的话，公司也会犹豫。

"这我说了不算。"章晋很实诚，"你得问我们晏总。"

提到晏舒望的时候，郑予安古怪地沉默了几秒，只是章晋并没有发现，还在那"晏总""晏总"地强调。

"别紧张啊哥。"郑予安把烟叼在嘴里，笑了笑，"这周还要吃饭呢，晏总喝什么酒？"

章晋笑骂："你小子酒量有多大啊？"

郑予安没把烟点上，他舌尖轻轻地顶着烟嘴，挑着烟在唇齿间上下晃了晃，笑得漫不经心："试试就知道了呗。"

既然饭局已经订下了，那么肯定投其所好，选晏舒望中意的。

园区有不少人均六七百到一两千的高端餐厅，安代也给他介绍过几个，郑予安挑挑拣拣选了个闽南菜系的。

秦汉关没那么高的鉴赏品味，跟着郑予安的车到店时只觉得装修不错，几乎全白色系的隔间设计，门口还有株 3D 的迎客松，周围造着人工景，假山池塘看着就很贵。

郑予安刚选完菜，晏舒望他们就到了。

章晋和罗燕下了班后没什么包袱，罗燕看得出刚补过妆，红唇媚眼，喊了一声"小郑总"，他们把上座让给了晏舒望。

郑予安发现后者难得没穿正装。他没让服务生把菜单收走，转而递给了晏舒望，笑着问："晏总要不要再选选？"

晏舒望看了他一眼，没接："郑总决定就好。"

郑予安也不客气，又加了几道冷菜，让服务生先把酒打开。

秦汉关和郑予安都是海量，特别是郑予安，只要不喝混酒，酒到必干，三杯下去后，章晋腿都有些软。

"菜还没吃呢。"

章晋认输道："咱不要一上来就搞这么大！空腹喝酒伤身体！"

有郑予安打头阵，秦汉关当然只用在后面热闹下，他这位置得和晏舒望喝，于是主动端了酒杯，要给晏舒望敬酒。

"晏总。"秦汉关看着有点像泼皮无赖，"合作愉快啊。"

晏舒望还算给他面子，端起酒杯来喝了一口。

秦汉关想递烟，被晏舒望拒绝了。

"我不抽这款。"他说。

秦汉关特意新拆的一包烟就这么遭了冷遇，他倒也不介意，笑笑自己拿了根含嘴里。

郑予安下意识起身给领导点烟。

等秦汉关这边抽上了，他才掏出自己的烟盒，抖出一根递给晏舒望，笑着道："晏总抽我的吧。"

晏舒望这次没拒绝，他伸出手，指尖像细白的美玉。

连郑予安有时候都觉得女娲捏人太不公平。

郑予安坐的位子离晏舒望还隔了个秦汉关，递烟容易，点烟就不太方便了。晏舒望夹着烟没动，只静静地看着他。

秦汉关笑得豪爽："我来给晏总点烟。"

晏舒望不置可否，一歪头，把烟叼在了嘴里。

秦汉关帮他把烟点上，晏舒望慢悠悠地抽了一口。

晏舒望端起酒杯来，学着罗燕喊郑予安"小郑总"，说："我敬你。"

郑予安受宠若惊，自然是一杯都倒进了嘴里，回头发现晏舒望也干了，章晋给他重新满上。

"还是小郑面子大啊。"章晋笑着道，"咱晏总就和你干杯了。"

郑予安很承他情，又端起杯子来，说："那我岂不是得喝两杯。"

秦汉关真怕他喝趴下，劝了句："悠着点。"

郑予安还是把酒喝了，面不改色道："不碍事。"

菜一道道上来，其中有一道一品泡饭是郑予安特别喜爱的，服务生将豆浆浇到了海鲜锅里，锅边很烫，没一会儿便成了一片奶白，鲜香四溢。

秦汉关还在和晏舒望聊公事，晏舒望话并不多，他听人说话时会专注地望着对方的眼睛，手指间夹着烟，偶尔才抽一口。

秦汉关虽然话多，但并不惹人烦，他公事讲完，再掺杂着说些别的，听着倒也有趣。

服务生拿来了公勺公碗，郑予安顺便接了过去，轻声说："我来吧。"

他给几个人分好了粥，推着转盘到每人跟前，罗燕喝了一口，叹息道："小郑总真是太体贴了。"

秦汉关笑："我们郑总是从柜员做上来的，服务水平到位。"

晏舒望朝他看去，郑予安做了个"请"的手势，说："晏总尝尝。"

晏舒望便真的尝了一口。

晏舒望这么给面子，让大家很意外，秦汉关不经意地问道："晏总之前认识我们小郑？"

晏舒望只是笑笑，并不具体说明白。

容貌一旦过于夺目，做事说话都像是加了柔光滤镜，晏舒望更是一幅高倍率慢帧数的电影画报，旁的人哪舍得再对他多要求些什么，就怕惹了他不痛快。

菜也吃了，酒也喝了，先趴下的自然是章晋，他走路都走不直，搭着郑予安肩头抱怨："你小子真是酒量大啊！"

郑予安喝酒不上脸，此刻连表情都没变，帮人叫了代驾，扶着上了后座："早点休息啊哥，下次我们再喝。"

章晋只有摆手的力气，他怕再说话就吐了。

罗燕没喝酒，准备自己开车回去，郑予安叮嘱了几句才回饭店门口。

秦汉关正靠着墙抽烟，看到他挑起一边眉。

"都送走了？"他问。

郑予安点头："帮你也叫了代驾。"

秦汉关打量他面容："你真是酒量深不见底啊。"

郑予安笑："其实也喝多了，只是撑得住。"

秦汉关看样子并不信他，一个人去了楼下等车。

饭店因为建在大厦里，厕所便也在外面，郑予安接了捧水扑在脸上，撑着台面闭着眼，晃了晃脑袋。

郑予安刚才还真不是对着秦汉关谦虚，今天的酒的确是喝多了，呼出的气里全是白酒香味。他解开领口的扣子，又弯腰掬水，等再抬起头时，突然发现镜子里多了个人。

晏舒望嘴里含着根烟，从镜子里看着他。

郑予安醒了下神，下意识露出笑容，点了点头问道："晏总还没走？"

"解手。"晏舒望把烟拿在手里，他说了个直白的词，目光盯着郑予安的脸，"喝多了？"

郑予安犹豫了一下，他不太想在合作方面前暴露自己酒量的深浅度，但对着晏舒望，郑予安似乎撒不了谎，于是只好"嗯"了一声。

晏舒望低头把烟点上。

他头发有点长，点烟的时候发尾会滑落到肩膀前面来，最后再重新被他拂到脖子后面去。

"看什么？"

晏舒望抬起眼，他不是郑予安那种明显的双眼皮，细长上挑的眼尾，像影视剧里吸阳气的妖怪。

郑予安自觉冒犯，低声说了句"抱歉"。

晏舒望也没问他抱歉什么，只是突然走近几步。

郑予安就算喝多了反应迟钝，也没到完全不能动的地步，他一手撑着洗手台，一手按住了晏舒望的肩膀，结果对方先扶住了他。

郑予安想要推开，晏舒望却卸了力，调侃了句："郑总的力气还挺大。"

郑予安："嗯？"

晏舒望随后绕过郑予安，从化妆镜底部的口子里扯出了一张面纸来。

郑予安："……"

晏舒望似乎觉得很有意思，他又笑了起来，侧头把面纸递给了郑予安，说："擦擦脸，清醒一下。"

郑予安有些尴尬，意识到自己反应过度，显得不够大方。

喝酒不耽误事，但喝多了就不一定了。

郑予安心想，幸好晏舒望并不计较。

既然饭也吃了，酒也喝了，后头该怎么样就怎么样也能容易一些，分行那边答复得很快，郑予安第二天就把草拟的第一版合同发给了章晋。

没承想对方下午就回了电话。

一来一去这么久的时间了，跟陌生人互相喊几声都能有感情，更别说跟合作伙伴了。

郑予安接电话时的语气有些亲昵，喊了一声"哥"，问道："看下来还满意吗？"

电话那头奇妙地沉默了一会儿，响起了很轻的声音："你好，我是晏舒望。"

郑予安："……"

这声哥叫得好像也不吃亏。

敲定合同阶段，对方企业 CFO 来电咨询也无可厚非，晏舒望提了几个资金回流的问题，郑予安答的没什么毛病，称得上专业、严谨、公事公办。

"这只是第一版合同。"郑予安从挂在椅子上的西装口袋里掏出烟盒，"晏总可以把有疑问的地方标注上，我们回头再商量。"

晏舒望说："问题倒也不是很多。"

郑予安点上烟，笑了笑："那我们拟第二版合同了。"

晏舒望"嗯"了一声。

晏舒望没有马上挂电话，郑予安自然也不能挂，他边抽烟边听着对面动静，直到晏舒望突然问他："小郑总还头晕吗？"

酒一旦喝多了，宿醉避免不了，他今早来上班的时候陈莉还说了一句他身上有酒味，现下晏舒望突然提起，郑予安又想起昨天那种丢脸的尴尬来。

"睡了一觉，好多了。"浸淫职场这么多年，一点尴尬并不会让郑予安心绪波动，他四平八稳地道，"多谢晏总关心。"

晏舒望似乎笑了一声，他放低了音量，如美酒摇杯："小郑总海量。"

郑予安吸了一口烟入肺，又缓缓呼出，听到晏舒望问他要手机号码。

"有什么急事方便联系。"晏舒望说，"合同的事，就麻烦小郑总了。"

晏舒望的朋友圈非常干净，他没设什么三天可见，却也只有寥寥几条动态，连 WE GO 的宣传广告都没有，一眼便能望到底。

郑予安有种窥探成功上层男性私生活的错觉，看了一会儿便退了出来。

新的合同秦汉关也过目了。

"给他们的法务看看。"秦汉关说。

郑予安："已经给过一份了，这版是我们自己留的。"

秦汉关点头："早点定下来，免得夜长梦多。到嘴的鸭子还能飞？"

郑予安对他这种瞎用成语的毛病无可奈何，给自己泡了杯咖啡，问："正式合同你送还是我送？"

就算现在都有电子档扫描版了，银行合同还是得留存一份纸质的才算规范，一般和大企业签约就跟剪彩一样，有点排面的还要弄个仪式。

"你去吧。"秦汉关不爱凑这种热闹，"他们那边都和你熟，上次喝酒你看对方给我面子吗？"

郑予安笑："我的面子不就是你的？"

秦汉关得意扬扬："那我得有多帅啊。"

去 WE GO 最后签合同的时候对方倒是没搞什么大的排面活动，除了晏舒望，郑予安还见到了 CEO（首席执行官）薛琛。

男人的形貌普通，只一双眼睛似两朵桃花，郑予安记得对方的履历，和晏舒望是大学同学，一块儿出来创业成立的 WE GO。

薛琛与郑予安握手，他的身量要矮一些，在合同上盖章后，回头对晏舒望说："得请小郑总吃个饭啊，这大老远过来的。"

JS 园区支行的大楼在湖西，赶过来其实也不远，但这顿饭怎么说也逃不掉，郑予安干脆没反对。

合同签完后，下午例行得做个参观检查，算是对合作方的尊重，郑予安不觉得自己面子大到需要晏舒望陪同，但对方似乎也没继续工作的意思，陪着郑予安在两栋大楼里上下穿梭。

章晋和罗燕早就回了岗位上，逛到第二层的时候，就只剩下晏舒望和郑予安两个人。

"这里是酒店部门。"

晏舒望没穿西装，衬衫也是休闲的款式，刘海落了两缕垂在鬓边，他说话时目光会盯着郑予安的脸。

六月已经入夏，就算大楼里开了冷气，郑予安仍旧热得脱了西装挂在臂弯里。

郑予安在银行工作，一年四季习惯了正装三件套，上身是中规中矩的商务衬衫，浅蓝色，绣了些时髦元素的暗纹。

皮鞋踩在大理石上发出的"咔嗒"声清脆悦耳，半点不拖泥带水。

郑予安的身姿笔挺，就算听完晏舒望的介绍后需要弯腰查阅时，脊背的弧度都绷得非常漂亮。

他透过玻璃望向工作间里正打着电话的年轻员工们，似乎觉得很有意思。

"人工成本算是线上服务的优势之一。"郑予安重新站直了，他回过身来，看着晏舒望问道，"我们再去哪儿看看？"

晏舒望与他视线交错，难得率先回避了目光。他不动声色地垂下眼，掏了烟盒出来，说："要来一根吗？"

郑予安笑了笑，他很得体地拒绝道："不用了，我抽自己的就行。"

晏舒望："……"

客随主便，既然薛琛说要请客，定饭店的事儿也就轮到 WE GO 操心了，郑予安参观完两栋楼，找了个借口去了章晋办公室。

章晋正在泡茶，看到他有些惊讶："怎么来我这儿了？"

郑予安的态度模棱两可："老和领导在一块儿也不是个事儿。"

章晋笑："我们是民企，又不像你们银行，领导没什么架子的。"

郑予安不置可否，他摸了烟盒出来，敲出一根叼嘴里却又没点上，脑子有些神游天外，直到章晋"啪嗒"一声开了打火机，火星子烧在烟头上。

"发什么呆呢？"章晋托着茶杯，"和咱们晏总聊得怎么样？"

郑予安瞅他一眼，笑了笑："挺好的，就压力有点大。"

"你能有什么压力？"章晋乐道，"晏总对你可是和蔼可亲得很。"

"怎么？对你们就凶神恶煞？"

"嘻，工作不一样，再加晏总那张脸，谁整天对着没压力？"

郑予安失笑："你对我倒挺有信心啊。"

章晋挑眉："你不一样，你一定扛得住。"

郑予安开玩笑似的踹了他小腿一脚，抽着烟不说话。

晚上的饭店是罗燕订的，郑予安懒得回行里打卡，便给秦汉关去了电话，对方随口问了一句："你连着喝两天没事吧？"

郑予安："明天周末，缓得过来。"

秦汉关咋舌："你别太拼了。"

郑予安笑笑挂了电话，微信上罗燕发了饭点地址的定位，底下还跟了个"喝酒干杯"的表情包，郑予安想到今晚的车轮战，刚夸下的海口隐隐有些发虚。

薛琛的老婆刚生娃，他得照顾月子，下了班便不见踪影，一块儿吃饭的还是那么几个人，因为少了个秦汉关，章晋干脆拉来了 WE GO 的 HRD（人力资源总监）林菀菀凑数。

林菀菀是个年轻姑娘，主动倒了酒，郑予安老规矩，准备让女士半杯，结果对方却不干了。

"我能喝得很。"林菀菀笑，"郑总用不着这么客气。"

敢说自己能喝的姑娘，郑予安就碰到过两个，上一个是安代，唯一把他喝趴下的女人。

罗燕打圆场道："咱们这里酒量最好的都没急，你们急什么？"

郑予安下意识去看晏舒望，对方果然也在看他，两人的目光刚碰上，晏舒望突然勾唇朝他笑了笑。

郑予安：“……”

晏舒望借着喝酒的姿势，挡了对方的视线，喝完了才笑着道：“我这先干为敬，给大家热热场子。”

要论讨喜程度，郑予安说自己第二，没人敢说第一。

上汤布菜、点烟倒酒，郑予安做的半点挑不出错来。

散席的时候，罗燕和章晋都喝了不少，郑予安给两人安排完代驾，转头便发现林菀菀在饭店门口站着散酒气。

“林经理要喊代驾吗？”郑予安问。

林菀菀看他一眼，笑模笑样地道：“不急，郑总给根烟抽抽呗？”

郑予安拿了根烟递给她，林菀菀有些惊讶地“啊”了一声：“你和晏总抽一个牌子的呀？”

郑予安笑道：“巧合。”

林菀菀点头：“那是真的有点巧。”

两人吞云吐雾没一会儿，晏舒望才从包间里出来。他身后跟着饭店的老板，许是谈了些事情，晏舒望的目光直接落到了郑予安的脸上。

林菀菀见着领导似乎还有些紧张，她不复刚才站得那么随意，烟也掐灭了，喊了一声“晏总”。

这弄得郑予安有些尴尬，他夹着烟，抽也不是，不抽也不是，想了半天，只能多此一举地问道："晏总抽烟吗？"

他说完才意识到下午的时候晏舒望好像也是这么问自己的，想到那时候自己的回答，郑予安觉得他是有多傻，竟然还能问出一模一样的问题来。

晏舒望停顿了一两秒，自己掏出了一根烟来。

这台阶给得太舒服，郑予安要是这点眼力见都没有也不用再混了，他掏出打火机主动给晏舒望把烟点上。

晏舒望抽了口烟，再懒洋洋地吐出来。

林菀菀站在一边看着晏舒望的动作，脸有些红，没话找话道："晏总怎么回去啊？"

晏舒望抽着烟没说话，饭店老板倒是很积极："我送舒望回去好了，别担心。"

郑予安看过去一眼，对方也正好在打量他，主动伸手道："郑总是吧？秦行长来过几次，我总看到你。"

说完，还递过来一张名片，姓名一栏写着：焦唐。

郑予安也把自己的名片送了过去，两人算是正式认识了一下。

焦唐人如其名，与第一次见面的人都表现得熟稔过了头，他大概是和晏舒望很熟了，之后大部分的注意力都在郑予安身上。

"郑总看着平时该有锻炼身体吧？"

郑予安客气道："也就双休有点时间。"

焦唐很感兴趣："游泳，打篮球，还是去健身房？"

郑予安笑："都玩玩的，不精。"

"哎呀，谁精啊，又不是运动员。"焦唐朝晏舒望道，"咱们后天约的篮球再加个人呗？"

晏舒望叼着烟看向郑予安，他说："那得看小郑总有没有时间了。"

郑予安面上不显，心里却忍不住骂晏舒望老狐狸，谁都知道银行的高净值客户就是"祖宗"，郑予安还在当客户经理的时候就陪过各种年龄层的老板"征战"高尔夫球场，就别说打篮球了，客户哪怕要他帮着双休带下孩子，他都能面不改色地答应下来。

"晏总说的哪里话。"郑予安侧过脸，他的目光专注，看着晏舒望笑道，"我这时间可都是您的，约不约，怎么约的，不还是您说了算哪？"

"打工人"的双休，只分需要加班和不需要加班两种，郑予安虽说在事业上颇有上进心，但也没工作狂到能完全牺牲自己的休息时间。

连着喝了两天酒，郑予安觉得自己就像从酒缸里泡出来的腊肉，周六一大早赖床失败，只因周女士特意煲了汤大老远给他送来。

"我就知道你喝多了。"

六十岁的周春桃女士活力四射、打扮时髦，郑予安打量她头上裹着的小方巾，忍不住问："爸呢？"

周春桃帮他把汤盛出来摆在一旁放凉，笑眯眯地道："他去买电影票了，我们等下要去看电影。"

郑予安说："现在网上都能订票。"

周春桃受不了道："这叫仪式感，你个小孩懂什么？"

三十岁的"小孩"只能闷头喝汤，周春桃转了一圈，发现没什么活需要干，又给他瞎提意见："你一个人住寂不寂寞啊，要不要养只猫？"

郑予安笑："我以为你要说养个老婆呢。"

周春桃嗔道："我是那样的人吗？你结不结婚关我什么事啊？逼着你结了，万一将来人家把你踹了，你又要怪我了。"

郑予安差点被一口汤呛死，他拿了张餐巾纸，无奈道："为什么一定要是别人踹我啊？"

周春桃有些得意："你可是我儿子，你什么样我还不清楚？"

母亲急着去看电影，郑予安只能一个人寂寞地把汤喝干净，他出了身汗，干脆冲个澡，把为数不多留下来的换洗衣物扔进了洗衣机里。

园区这处房产买得算早，当年的房价还没高到承受不了，首付是家里出的，郑予安背了一百多万的贷款，房子陆陆续续装修了大半年才住进来。

单身汉住一百多平方米的三室两厅其实有些浪费，郑予安干脆把一间小房间改造成书房。

为了不让周春桃担心他的住处变狗窝，郑予安请了家政，一星期来一次，专门负责打扫卫生。

在整理 WE GO 的材料时，郑予安想起来明天还得陪客户打球。

"这算是加班吧。"

郑予安模糊地想着，他脑子里的那些材料数字合同仿佛成了排列好的多米诺骨牌，轻轻一推便倒了下来，它们拼凑出了一个人的脸部轮廓。

郑予安叹了口气，回过神来又觉得滑稽，手机微信上焦唐正巧发来消息，给的是体育馆的地址。

"小郑总别忘了呀。"焦唐发了个非常可爱的猫咪表情包，"我们都等你哦。"

相比之下，郑予安的回复则简单很多。

焦唐的谈兴并没有受什么影响："小郑总打什么位置的呀？"

郑予安："我都可以。"

焦唐："你那么高，小前锋可以吧？"

郑予安："行。"

彩虹琥珀

焦唐发了个捧脸的小表情："小郑总好帅哦。"

郑予安："……"

要论生意人，焦唐的确是个能聊的，而且不是那种没眼力见的能聊，找话题、聊内容，焦唐做得都不令人反感。

"舒望也是打前锋的呢。"焦唐这回发来的是语音，他喊晏舒望名字的态度表现得过于熟络了些，"你们俩明天热身时得配合下。"

郑予安笑着回复说："我一定努力不拖晏总的后腿。"

这话是这么说，等第二天真到了球场上，郑予安才发现自己想得太天真了。

晏舒望组的队伍看样子还真是非常专业，从服装到跑鞋人人都是专业运动风，相比之下郑予安就太随意了点。

他们打三对三，两个前锋肯定被拆，郑予安从陪客户打球变成跟客户比赛打球，虽然才几个字之差，但局势仍旧微妙起来。

秦汉关是知道他有活动的，场下热身时，郑予安随口在电话里与他说了最新进展，秦行长显得假公济私："这不挺好的嘛，还不知道怎么讨好晏舒望呢，机会难得啊。"

郑予安觉得他脑子不太好："你都明白的事儿，他会不清楚？我刻意放水喂球给老板，你以为老板就会高兴？"

秦汉关想想也有道理，在那儿骂了声。

当对手是真的挺麻烦的。

郑予安心想，放水放得太明显吧，老板觉得你看不起他；不放水赢了吧，输比赛谁都不高兴。

正应了那句：左右都难搞，里外不是人。

晏舒望坐在场边，郑予安看过去，发现他将头发撩高了，露出清爽的后脖颈。

晏舒望掀起眼皮，看向郑予安。

郑予安笑了笑，问："晏总打球几年了？"

晏舒望淡淡地道："我大学是校篮球队的。"

郑予安表现得有些惊讶："那厉害了。"

晏舒望没说什么，但看得出来心情不错，明显一副夸奖很受用的样子，这点倒是令郑予安没想到。他于是顺着话，继续说："等下还望晏总手下留情，别打太狠了。"

晏舒望侧过脸，他似乎还真考虑了一番，看着郑予安认真地道："好啊。"

男人不论到了哪个年纪，上了球场总还有些胜负欲，三对三的比赛基本都是一对一盯防，郑予安是自己队伍的前锋，晏舒望是他们队的，自然两个人就碰到了一块儿。

晏舒望的个子要更高一些，抬起手臂防人的时候或多或少总会有些对抗性的动作，他的脚步灵活，假动作也很到位，突破了几次郑予安的防守，一来一回，两人都打出不少气性来，晏舒望最后一次 2 分跳篮时，郑予安急着防他，跳起来时没注意平衡，撞在了对方身上。

焦唐喊了一声："当心！"

两个人一起摔到地上，晏舒望大概是一时摔闷了，整个人躺在地上动也不动。

"不好意思。"郑予安想爬起来，刚换了个姿势，晏舒望又闷哼了一声。

"你压到我头发了。"晏舒望低声道。

郑予安赶忙移开手掌，晏舒望的头发被他扯乱不少，松松散散的，后者干脆拢了拢头发，半坐起来。

郑予安是真觉得不太好意思："抱歉。"

他伸出手，递给晏舒望："能站起来吗？有没有受伤？"

晏舒望犹豫了一会儿，才抬手握住，焦唐已经跑了过来。

"没事吧？"他问。

晏舒望摇头："没事。"

郑予安对焦唐道："我们先回休息室。"

焦唐当然没意见，招呼着剩下的人散开了。

郑予安怕晏舒望真摔伤了哪个地方，干脆半扶着把人送回了休息室。

"我看看你的腿。"郑予安将对方的裤腿卷到膝盖部分，低下头仔细观察了一阵。

郑予安看到有擦红的地方，但是没破皮，于是抬头问了句："痛不痛？"

晏舒望大概是没料到他会突然抬头，目光正巧落在了郑予安的眼里，晏舒望轻轻笑了笑："不是很痛。"

郑予安："应该没伤到骨头……其他地方呢？"

晏舒望想了想，也不知道是不是开玩笑，说道："屁股摔得挺疼的。"

郑予安倒是很上心："尾椎骨吗？要不去医院看看。"

晏舒望过了半响才闷闷地说"不用"。

"我去给你买瓶水。"郑予安站起身，"你躺一会儿吧。"

晏舒望已经坐了起来，他没什么表情地点了点头，随手拿了条洗澡毛巾盖在腿上，郑予安则从衣柜里翻出钱包出去给他买水。

一旁的手机响了一阵，晏舒望没有理会，他从地上的包里掏出烟来，敲出一根叼进嘴里。

打电话来的是焦唐。

晏舒望单手夹着烟，懒洋洋地滑开屏幕。

"小郑总好帅啊。"焦唐说。

想起刚刚郑予安打球的样子，晏舒望回了句："确实挺帅的。"

第三章

黄

郑予安不只买了晏舒望一个人的水，他给球场上一块儿打球的球友都准备了饮料，提着塑料袋一瓶瓶送到了每个人手里。

焦唐看着他的表情有些复杂，莫名一股怜惜又同情的味道："小郑总太体贴了。"

郑予安笑了下："小事情，焦老板客气了。"

焦唐："你要不等会儿再回更衣室，先打会儿球？"

郑予安摇头："晏总还在里面呢，我把水送进去。"

焦唐欲言又止了一番，搞得郑予安都有些摸不着头脑，做了个询问的神色："怎么了，焦老板？"

焦唐叹了口气，最后还是什么都没说。

郑予安心想，这唱的又是哪出？

晏舒望连抽到第三根烟的时候，郑予安拿着水进来了。

郑予安看到对方时未语先笑，嘴边露出两道弯月似的笑纹："怎么抽了这么多烟？"

郑予安的烟瘾不重，不加班工作时基本不会连着抽，更衣室里烟味弥漫，他都有些被呛着，拧开瓶盖，把水递给了晏舒望。

晏舒望隔了一会儿才接过去。

郑予安又跟变戏法似的掏出一瓶红药水，他姿态放松，说："我帮晏总上药吧。"

药水冰冰凉凉的，抹在伤口上有轻微的刺痛感，倒是容易让人清醒，晏舒望垂头盯着郑予安的动作，淡淡地道："小郑总对谁都这么细心？"

郑予安笑道："都是小事，不值一提的。"

他给晏舒望腿上的几处红痕擦完了药，又轻轻吹干，收了瓶子摆在晏舒望的包里，郑予安没急着走，拿了包烟出来。

"不去打球？"

晏舒望的头发散着，他的发质非常好，在郑予安看来好到能接洗发水广告。

"晏总不上场我哪有对手啊。"

郑予安叼着烟，他这话倒是真心的，晏舒望打球不但厉害，而且干净，总之要不做对手的话，他更乐意一些。

也不知道这话哪里又让晏舒望觉得高兴了，他笑起来，眼角向上挑着。郑予安移开目光，抽了口烟，没说话。

晏舒望突然问："你和白间是朋友？"

郑予安夹着烟的手一顿，说实话，上次在白间的陶艺展上他的确有看到晏舒望，但对方见面时完全没提这茬儿，郑予安便以为晏舒望当天压根没注意到自己，或是看到了也没认出来。

可现在看来，好像并不是如此。

郑予安想了一会儿，才斟酌地道："我认识白老师挺久的，算老师的粉丝。"

晏舒望也不知是真心还是假意，夸道："小郑总多才多艺了。"

郑予安谦虚道："外行看个热闹而已，只是没想到晏总也会喜欢。当天我还见到晏总了，以为您没认出我来。"

这话其实有两个意思：第一，我先注意的你；第二，装不认识的不是我。

晏舒望挑了下眉，郑予安太聪明，说话滴水不漏，只要是个人，他都能哄得欢喜。

晏舒望很欣赏他这脾性，有时候却也恨得牙痒。

"我以为是小郑总不想认识我呢。"晏舒望从郑予安的烟盒里拿出一支烟，叼在嘴里，打开打火机点燃，然后慢慢抽了一口。

郑予安还维持着夹烟的姿势，他背上莫名起了层虚汗，可能是因为晏舒望的话而觉得尴尬，竟是讷讷的，半天无法作答。

晏舒望懒洋洋地抽完了半根烟，淡淡道："下周六白间在本色美术馆开个展，一起去看看？"

郑予安只当晏舒望是一时兴起，兵来将挡水来土掩。

WE GO 的合同通过得很快，分行授权下来，款就拨到位了，为此郑予安决定亲自再去一趟。

章晋料到他会来，泡茶递烟，两人聊了一会儿钱的事儿，又聊起了别的。

"听说你周末和晏总打球了？"章晋问。

郑予安抽着烟，随意道："就打了一场，晏总球技太好了，我跟玩似的。"

"那都是晏总的私人交际圈，老球友了。"

郑予安这倒不清楚，他抽着烟，意味不明地笑了下，没接茬儿。

章晋又问："这星期再约个饭局？"

郑予安看他一眼，不怎么客气："你这吃来吃去的也不腻味，酒还没喝够啊？"

章晋什么都好，就是结了婚也没收敛点爱玩的性子，明明酒量不行还爱喝，饭局酒局的看着就乱。

"我这不给你拉近跟晏总的关系嘛。"章晋还喊冤。

郑予安并不买账："我都能和晏总打球了，这关系还要多近啊？"

既然钱到位了，交道也打完了，郑予安便打算先回行里，结果人还没走，就接到了晏舒望的电话。他犹豫了一会儿，才接起来。

"小郑总。"晏舒望的语气是微微上扬的，声线很饱满，像包裹着酒香泡沫，"不留下吃饭？"

郑予安岔开话题："星期六不是约好看展了吗？"

晏舒望："是约好了。"他似乎笑了下，"怎么平时就不能约了？"

郑予安眉头微蹙，一时没说话。

晏舒望察觉到郑予安想拒绝，静默了两秒，声音里听不出太多情绪："只是朋友间吃个饭而已。"

郑予安掂量着他这话的诚意，就像晏舒望说的，吃个饭而已，他没必要搞得这么如履薄冰。

要吃饭就又得跟秦汉关打招呼，秦行长当然没意见："招待好晏舒望就行了，你不用跟我说。"

郑予安："你这是把我卖了也不心虚啊。"

秦汉关笑："你肝好，能喝，心虚什么？"

焦唐的店有好几家，风格竟都不相同，有做高端家宴的，也有精品私房菜，晏舒望选的这家便有点酒香巷子深的味道。

两人吃饭不用喝酒，这点倒是令郑予安松了口气，毕竟前面连着喝了那么多天，肝再好都不够折腾的。

苏城人的口味偏甜，郑予安也是，菜上来后，有一道樱桃鱼豆腐他多动了几筷子，晏舒望自然是注意到了。

"他们家绿豆糕做得不错。"晏舒望点了一盘，"你可以尝尝。"

郑予安很喜欢绿豆糕，吃了一口发现的确细腻清甜，他有些高兴，问："能打包吗？"

晏舒望没多话，直接让人给他打包了一份。

大概是没想到晏舒望这么周到，郑予安有些惊讶，他道了声谢。

晏舒望给自己点了根烟，他看着郑予安的脸，问："小郑总有女朋友吗？"

郑予安说："没有。"

晏舒望仿佛在闲话家常："小郑总年纪也不小了，不打算谈吗？"

郑予安的托词有些敷衍："缘分还没到吧，不急。"

晏舒望便不再问了。

郑予安之后吃的几道菜都非常合口味，就连汤都是粤菜系的浓汤，郑予安喝得有些肚胀，等稍后仔细一琢磨，才发现这些居然都是晏舒望点的。

喜好被人摸透，很多时候并不是一件特别令人高兴的事儿，特别是经济水平不低，又有社会地位，在乎私人空间的成年男性。

郑予安是属于没什么资源，一路从银行底层打拼上来的，在去银监之前，从柜员做到客户经理，从小客户做到大企业，早就练出一副玲珑心肠、软硬不吃的脾性，银行说到底，金融副产，还是以服务业为主，他再不卑不亢，也是伺候人的那个。

可晏舒望不一样。

在郑予安看来，晏舒望算得上是天之骄子，国内排名前列的大学毕业，学生时代就开始创业，网上还有他被国外媒体报道的新闻，也不知道是真是假。

这样的晏舒望还真不用去讨好谁，特别还是讨好得如此润物细无声。

郑予安的心情总之是有那么几分复杂的，用安代的话来说，他和晏舒望本不该产生交集。

两个知情知趣的人吃饭，结果自然宾主尽欢。

郑予安提了绿豆糕的打包盒子，临走之前还特意又谢了晏舒望一次，后者点了根烟，在月色下神色淡淡的，说："小郑总客气了。"

私房菜馆开在苍街里，门口摆着好几盆月下美人，花开正当时，花茎头上垂着花朵。

郑予安看了一会儿，晏舒望夹着烟没动，突然就笑了，他懒懒散散地抽完了烟，声音低沉道："天晚了，小郑总该回去了。"

秦汉关除了当领导，最大的爱好之一就是关心手底下员工的感情生活。特别是开门红过后没那么忙了，郑予安便理所当然成了他的第一关心对象。

"你最近也没约约小姑娘？"两人趁着中午休息一块儿在小阳台上抽烟，郑予安空出一只手滑着手机屏幕，听到秦汉关这么问，差点被一口烟呛着。

"我没约人的兴趣。"郑予安说，"你和 WE GO 的小姑娘还有来往吗？"

秦汉关满不在乎："我就加了她一个微信而已，真没有发生啥。"

郑予安不是太信他，只能旁敲侧击地劝道："毕竟是客户，你稍微有点分寸，别随便乱来。"

秦汉关也不知道有没有把这话听进去，既然提到了 WE GO，他又顺势问一句："你和晏舒望最近除了打球是不是还一起吃饭了？"

郑予安烟抽了一半，剩下的叼在嘴里，有些惊讶地含混道："你怎么知道？"

秦汉关把手机拿给他看："我和焦老板老牌友了，他说起过好几次，讲你和晏舒望很合得来。"

郑予安看了秦汉关一眼，心想你这交际能力可以啊，这才认识几天就可以每周约着打麻将了。

牌友这事儿，郑予安也不好背地里说什么。

秦汉关爱玩牌打麻将也不是一天两天了，之前还约过郑予安几次，郑予安算会玩的，但不热衷，有一搭没一搭的，实在缺人了，秦汉关才会想起来拉他充数。

"晏舒望也不喜欢玩这些。"秦汉关又点了根烟，他把垃圾桶搁面前来，弹了弹烟灰，"你们俩这点还挺像，双休宁可泡在健身房里，太自律了没意思。"

郑予安不置可否道："就是不太喜欢。"

秦汉关一副"你忽悠谁呢"的表情，说道："那这周六晚上来不来？我们三缺一。"

"不来。"郑予安下意识拒绝道，他想了想，又找了个理由，"我有约了。"

秦汉关："你不是没女朋友吗？约啥？"

郑予安："有朋友当天在本色美术馆开陶艺展，我去捧场。"

秦汉关"啧"了一声："你还真是德艺双馨啊。"

郑予安一点不惭愧，嘴上客气道："不敢当，就凑个热闹。"

秦汉关看他半晌，又说："晏舒望好像也要去，你们不会又约好了吧？"

星期六的陶艺展是一定要去的，哪怕不确定晏舒望的意图，郑予安也不是那种会临阵脱逃的性格。

再者成年人之间，哪还有什么避之不及的事，金融圈子就这么大，晏舒望还是个中心圈层金字塔尖的人物，郑予安别说得罪他了，巴结还来不及。

本色美术馆离郭巷不远，里面有停车场，不大，但也够停了，郑予安这次去是作为晏舒望的朋友，便没联系安代，自己驱车到了地方。

白间来苏城很多次，在陶艺圈子里已经小有名气，他开的个展，不说同行，圈外人都有慕名而来的，郑予安这次还特意买了束花，在门口交给了白间。

"听说是晏总请你来的？"白间抱着扎成了花球的满天星，他看着很喜欢，递给郑予安签名本，"留个名字？"

郑予安边写边笑道："白老师这算拓展客户啊，还要回访吗？"

白间被他说得不好意思，佯装要拿花打他，郑予安没躲，笑着翻签名本，看到了晏舒望的名字。

"晏总已经来了？"他问。

白间点头："在里面呢。"

郑予安打过招呼后便去里头找人，看了两个展室，才在最左边的一间看到了晏舒望。

美术馆不大，楼上楼下的结构设计挺巧妙，楼下的厅有个延展台，台上植了一棵不老松，松针的影子参差斑驳，倒映在墙上，枝权伸展开来，占了有半面墙的大小，松影偶尔晃动，于是便多了股禅意。

晏舒望就站在那影子前面，长发搭在肩上。

为了营造光影的效果，台上的打灯也很讲究，晏舒望转头时，白光正巧覆在了他脸上。

郑予安看着他走过来，从明到暗，晏舒望的脸上光影叠叠，每一帧都恰到好处。

"什么时候来的？"晏舒望靠近了他问道。

郑予安回过神道："刚来没多久。"

晏舒望点了点头，他说："去二楼看看。"

白间的作品主要布置在一楼，二楼是工作室展示，倒是聚了不少人，郑予安携着晏舒望刚上去，便遇到了几副熟悉面孔。

晏舒望也有相熟的人，明显和郑予安不是一个圈子里的，两人被迫分了两边，郑予安边说话，边往晏舒望那边张望。

他又突然想起安代说的那句"人把圈子划分得很清楚，你在这边，他们在那边，你过不去，他们也不想过来"。

"郑总，怎么脸色不太好看？"一旁的人有些担心地问。

郑予安愣了愣，勉强道："天热，可能有些气闷。"

他敷衍地与人聊了几句，又抬起头来，目光碰到了晏舒望的。

晏舒望身旁的人似乎很好奇，问了几句，晏舒望摇了摇头，他伸出手，看着郑予安，平静地道："郑予安，过来。"

"郑予安。"

晏舒望耐心地伸着手，他眉梢微微上扬，眼角像铺开了笑意，又重复了一遍。

"到我这儿来。"

郑予安也不知道自己为什么要走过去。

他就像跨过了一道湍急的河，河水里可能有硌脚的石子，阻着去路，让人犹豫。

"这位是郑予安，郑总。"晏舒望向身边的人介绍，"JS 园区支行的公司部主任。"

郑予安下意识地露出一副社交笑容，这副表情看不出太多破绽，他的眼角自然地微微下垂，唇边弧度弯得恰到好处。

几个人围着他寒暄，目光或打量或探究，更多的只是像轻描淡写般在他身上打了个 tag（标签）。

晏舒望介绍自己这边人时，态度就随意很多，指尖点了一圈，淡淡道："未来传媒的李殊李老板，JAVA 林念祥，高级工程师。"

郑予安从善如流地递上名片。

李殊是个美男子，大概是因为搞传媒的，很会打扮，像个模特，郑予安发现他还戴了美瞳，因为颜色很少见，郑予安不动声色地多看了对方的眼睛几眼。

林念祥倒是几个人中长相最普通的，清秀、爱笑，看着舒服，招人喜欢。

"JS 银行年前还出了套纪念币。"林念祥主动找了话题,"米老鼠的?"

郑予安笑:"鼠年嘛,买了迪士尼的版权,林工要不要来一套?"

林念祥也很给面子:"好啊,到时候看看。"

剩下的人晏舒望都只说了名字一笔带过,郑予安心中便差不多有了数,李殊不怎么理人,林念祥倒是很和善可亲,有一搭没一搭地和郑予安聊着。

"Colin 之前跟我们提过你。"林念祥看着郑予安,说,"他夸你打球不错。"

郑予安谦虚道:"比他还是差远了,我还出了糗呢。"

林念祥:"Colin 不会介意的。"

郑予安眨了眨眼,他抿着唇,有些好奇地低声问道:"晏……Colin,他身边的朋友都什么样?"

"除了我们几个,他没多少交心的朋友,如果不是他特别欣赏的,也不会带来给我们看。"林念祥看了他一眼,说,"你是他第一个主动介绍给我们的朋友。"

郑予安心想,是这样啊。

林念祥似乎觉得他好玩,朝着和李殊站一起的晏舒望招呼道:"Colin,你来一下。"

晏舒望走了过来,李殊的目光在郑予安的脸上多停留了几秒。

"予安问你身边朋友的情况呢。"林念祥卖他卖得很彻底。

郑予安尴尬地摸了摸鼻子,他不太好意思看晏舒望,毕竟在背后议论人总归不够绅士。

晏舒望却没什么被冒犯的表情。

李殊要笑不笑地耸了耸肩,说:"我去抽根烟。"

林念祥说:"我也去。"

等两人走后,郑予安单独面对晏舒望时反而没那么尴尬了。

他打量着晏舒望,对方瞥过一眼,带了点笑意:"问我朋友干什么?"

郑予安实话实说:"就有点好奇。"

晏舒望不置可否。

郑予安想了想,还是解释道:"我以前看到过一些你的报道,而且金融圈子就这么小,我从做柜员的时候就一直看到你的名字,所以有点好奇,而且我也很……"郑予安找了下词,斟酌着用了"欣赏"这两个字。

"欣赏我?"晏舒望这回是真笑了起来,他的眼角细而长,睫毛纤密。

"欣赏我什么地方?"他问。

郑予安低声笑道:"那太多了,您要听我说好话,那是真说不完。"

晏舒望似乎心情不错,他微微低下头,说:"有时间讲给我听。"

白间的陶艺展，安代不可能不来，她到的时候，晏舒望刚拍下了一只猫头鹰花瓶，郑予安也很中意，拿在手里与晏舒望一同观赏。

安代第一次见晏舒望，郑予安自然要介绍，为了避免生分，他也称呼了晏舒望的英文名字。

"Colin，"郑予安说，"这是策展负责人，安代。"

安代阅美无数，但像晏舒望这样的那也是万里挑一的，她难得有些害羞，打招呼也只是"嗨"了一声。

等安代走后，晏舒望才说："她很漂亮，你眼光不错。"

郑予安有些惊讶，失笑道："别误会，过去式了。"

"我没误会。"晏舒望淡淡地道，"我知道她是你前女友。"

郑予安更加意外了："你怎么知道？"

晏舒望看了他一会儿，突然有些孩子气地挑了下眉，说："我不告诉你。"

猫头鹰花瓶晏舒望最后也没有拿走，他送给了郑予安，李殊一副了然的表情，林念祥则笑得爽朗。

"以后一起玩呀。"林念祥临走时对郑予安说，"大家很喜欢你，你很有意思。"

郑予安并不知道自己有意思在哪儿，但也没拒绝林念祥的邀请。

李殊对他倒是一般般，不冷不热的，似乎对郑予安的 tag 分类打得非常清晰。

"你不用太在意李殊。"晏舒望临走时说道，"他自己不懂事。"

郑予安笑笑："我不在意的，没关系。"

晏舒望看了他一会儿，突然叫他："郑予安。"

郑予安："嗯？"

晏舒望没说话，他往前走了几步，郑予安下意识地往后退了几步。

晏舒望笑道："你怎么又紧张了？"

郑予安当然没小气到因为晏舒望一个口头上的调侃就敏感参毛。

安代之后与他联系过，试探道："你和 Colin 是朋友？"

郑予安笑了下："他是我客户。"

安代犹豫了一会儿，说："我那天看到你们一起去展览，还以为你们关系不错。"

郑予安无奈道："你之前不还说，人际圈子划分向来清楚，出不来也进不去的嘛。"

安代在电话那头翻白眼："但也说不准有人就爱体验这种新鲜感呢。"

郑予安沉默了一会儿，他掏了根烟出来，想点上，才发现烟灰缸满了，只能摆到一边，慢慢道："白间知道他很多事？"

"没有，Colin 是圈内公认的高冷人士，多少人追着想和他交朋友，但 Colin 私下的社交圈子就那么大，万一真能和 Colin 交上朋友简直是中彩票。"

"哪有那么夸张？"郑予安哭笑不得，他又问，"晏舒望真的那么受欢迎？"

安代理所当然道："对啊，而且 Colin 可是公认的好男友，浪漫体贴，又有分寸。"

郑予安大概是没想到她会调查得那么清楚，但背后听熟悉的人这么说又觉得有些复杂，半晌才不咸不淡地道："他谈过很多吗？"

"哈？"安代怪笑了一下，"得了吧，情情爱爱就那么点破事，你和他都算是清流了，真爱难得，别太执着了。"

郑予安噎了一下，无奈道："你呀。"

晏舒望送的那个花瓶，郑予安想了想，还是摆了出来。白间的猫头鹰做得很有特色，形象偏夸张化，陶瓷质感却又细腻温柔，单身汉的家里没准备花，这么空摆着也不是个事儿，郑予安想了想，决定第二天下班去买一束。

园区的花店不少，郑予安中午在休息室边抽烟边随手刷着附近的花店，秦汉关进来的时候瞄了一眼，随口问道："去干吗啊？"

郑予安把烟夹在手里，莫名其妙地答："什么干吗？"

秦汉关："就是问一下你为什么买花。"

郑予安解释说："家里有个新花瓶，看着空。"

秦汉关大概觉得他突然这么文艺有些不对劲，琢磨半天只答了个"哦"。

郑予安没什么买花的经验，按着不怎么在线的审美水平随便搭配了一束，他付了钱，随意把花捧在手里，结果才出门就与一个人打了个照面。

李殊看到他手里的花时有些惊讶，问了句："郑总？"

郑予安也没想到会碰上李殊，他换了左手拿花，下意识地把右手递了过去："李老板，你怎么在这儿？"

李殊低头看了一眼他的掌心，并没有主动去握，点了点头，表情没第一次见时那么抵触，说："郑总买了花？"

郑予安"啊"了一声，拿过花束晃了晃："是啊，给家里添点颜色。"

李殊表情变得有些古怪，又多看了郑予安一眼。

饶是郑予安再精明透顶，也没办法隔着肚皮看清楚人心，两人这么不尴不尬杵着也不是个办法，于是他笑着客气了一句："李老板，找个地方坐坐？"

李殊这回居然没拒绝他："我知道附近有个地方咖啡不错。"

园区这边的精品咖啡馆开了不少，李殊找了一家纯白设计的，分了前厅后院，格局挺大，生意也不错。

郑予安要了一杯美式咖啡。

"你不喝手冲咖啡？"李殊问。

郑予安不甚在意："美式的就行了。"

李殊端了咖啡，坐在后院里，这里的老板他显然很熟，中间还过来说了会儿话，郑予安没上赶着搭话，自己喝着咖啡。

"我常常来他家喝咖啡。"等老板回头去招呼客人，李殊突然道。

郑予安含着咖啡杯边缘，一时不知道该摆什么表情。

李殊淡淡地道："你是知道我们这种人的，都是一个圈层，三观都差不多，身边也就这么点人。"

郑予安想了想，说："朋友多点少点而已，无所谓的。"

李殊看着他，笑了一笑："郑总也挺有趣，明明不是这个圈子的人，却还挺讨我们这些人喜欢的。"

郑予安咳了一声，含糊道："缘分吧……"

李殊："郑总就没想过在这圈子里，大家交朋友、做事情都讲究利益身份，你就不多想想，你能给我们什么好处？"

郑予安的脸色终于稍稍难看了下来，他尽量平静地道："我不需要想那么多吧。"

李殊并不放过他："所以你就这么心安理得地接近 Colin？"

郑予安忍耐着道："晏舒望不是你说的那种人。"

"还指名道姓地叫人名字了。"李殊不知道为什么，竟是有些得意，"别把他想太好了，你没什么价值的话，你以为能接近他？"

郑予安张了张嘴，他想说些什么，但最终却什么也没能说出口来。

晏舒望收到李殊发来的照片时，表情并没有什么太大的变化。

对方拍了一束花，底下问了一句："猜猜我遇到谁了？"

晏舒望没有回他。

李殊自己藏不住话，说了："小郑总。"

晏舒望仍旧一言不发，李殊只能唱独角戏一样地继续自说自话："小郑总审美不行，这花搭配得太俗，配不上那个花瓶。"

晏舒望垂着眼看消息，指尖轻轻一滑，切换出了屏幕，上下拉一拉，点进去郑予安的朋友圈。

郑予安果然更新了动态，没有文字说明，就一张很简单的图片。

白间的猫头鹰花瓶并不大，那束花郑予安大概修修剪剪了很久才勉强插进去，隆重的金色和大红相衬着，搭配暗色调的陶瓷底，有一种荒诞的风格。

晏舒望盯着照片看了一会儿，点击了保存。

顶头的消息还在跳，李殊今天的话不是一般的多。

"我觉得他脾气还挺好的。"李殊发来一条消息。

"我今天还故意奚落了一下他，他也没生气。"

等了一会儿，还没收到回复，李殊"啧"了一声，又发了两个字"人呢"，结果消息刚发过去，后头便跟了个红色感叹号，晏舒望居然把他拉黑了。

李殊瞪大了眼睛，他憋了半天，骂了一句。

林念祥后脚就打来了电话。

"你惹 Colin 做什么？"林念祥的声音很无奈，"Colin 很可怕的，你居然敢'太岁'头上动土。"

李殊嘴硬道："我又没真的做什么！"

林念祥没好气道："还好你没成功，不然我就去帮你'收尸'了好吗。"

李殊："……"

第四章

绿

郑予安对拍照发朋友圈这事儿一开始其实是犹豫的，毕竟他刚见过李殊，对方也能猜到他买花是为了放到哪里，这人显然很爱挑拨他与晏舒望这个优质客户的关系，不管是拉近还是拉远，郑予安都不怎么想买账。

而且特意为了个花瓶去买花，又拍照发朋友圈，这怎么看都很像是一种炫耀的行为。

照片底下的点赞很多，郑予安的人缘不差，半小时不到留言就有十几条，他刷新了几次，发现始终没有晏舒望的痕迹。

秦汉关进休息区抽烟，看到他打了声招呼："昨天花买了？"

郑予安正盯着手机，闻言抬了下头，秦汉关递了根烟来，郑予安摆了摆手："我抽自己的。"

秦汉关笑骂了一声"矫情"，也不勉强，点上烟坐他旁边抽。

两人吞云吐雾了一会儿，郑予安还没把手机放下。

"你看什么呢？"秦汉关随口问道。

郑予安犹豫了一会儿，突然说："要是有人收了份礼物，发在朋友圈里想感谢下，结果送的人却不点赞，你说他什么意思？"

秦汉关边抽烟边不动脑子地说："能有什么意思，没把那个人放在眼里呗。"

郑予安："啊？"

秦汉关看他表情就知道这人没明白，耐着性子解释说："比如说一个人送了另一个人礼物，看到自己的礼物被对方晒到朋友圈，肯定会高兴地点赞加评论，并向其他人宣告这礼物是自己送的，但是如果即使看到对方发朋友圈了，也装没看到，懒得理会，就只能说明两人关系也就那样。"

郑予安许是压根没想到这茬儿，神情有些苦涩。

秦汉关看他仍是脸色不怎么好，难得地关心道："别想太多，实在不行以后就少发点朋友圈呗。"

郑予安面无表情地看了他一眼，心想开什么玩笑。

下午工作忙起来，自然没办法再关注朋友圈点赞的事儿，等快结束了，郑予安才算是想通了那个花瓶的事和晏舒望的态度。

晏舒望对于他，连朋友也算不上，就跟打发小猫小狗一样，见他喜欢那个花瓶，便随手送了。

再说花瓶本来就不贵，就凭晏舒望的身价，这礼物放平时可能还上不了台面。

想通归想通，心里舒不舒坦就是另一码事了。

郑予安签完了陈莉送进来的合同，倒掉了烟灰缸里快满出来的烟蒂。

他坐在位子上又点了根烟，抽了几口，内机电话突然响了起来。

"喂？"郑予安单手接起，因为叼着烟，声音有些含混。

章晋在那头笑："小郑总啊，你许久不来了。"

一般和大企业合作，金额是个天文数字的话，往来都会比平时热乎很多，WE GO 从成立伊始，财务方面就一直是郑予安对接，直到他被借调去银监那两年才断了联系，如今又好不容易续上了这缘分，章晋肯定是高兴的。

郑予安服务起客户来很有一套，人帅嘴甜，不是一般讨人喜欢。

"哪有很久，也就一两个星期。"郑予安把烟夹在手里，语气温和，"哥这是想我这个人了，还是想喝酒了？"

章晋好吃喝，明明酒量一般，但就爱那杯中物，他最近弄了几瓶国外的精酿，想着要与郑予安尝一尝。

"这牌子的啤酒可是去年世界啤酒比赛的冠军。"章晋还不忘打广告。

"味道浓得很，哥你喝得惯？"

"不就是黑啤嘛，那酒花跟牛奶似的，你一定喜欢。"

"行吧，约个时间，咱哥俩喝几杯。"

"择日不如撞日，就今天吧！酒都准备好了，就差你了！"

苏城不少精品清吧都会存着几个熟客的好酒，等着人来了专门为其调制，章晋一直去的那家叫"蓝爵"，郑予安也认识，下了班便直接开了车过去。

蓝爵的服务生不多，加上调酒师才两三个，老板娘亲自坐吧台里招呼客人，看到郑予安时表情有些惊讶。

"哟，您真是好久不来了。"老板娘笑得敞亮。

郑予安与她虚抱了一下："前头开门红，太忙了，实在没时间。"

老板娘乐了，娇嗔道："我这儿的好酒都没个能喝的来捧场。"

"我这不是来了吗？"郑予安脱了西装，里面是一件铅灰色的衬衫。四月的天气也是奇怪，居然还降了温，郑予安这回规规矩矩系着扣子，随手拿了个烟灰缸。

没等一会儿，章晋就到了，郑予安正准备站起来迎他，一眼瞧见了他身后跟着的人。

晏舒望把外套挂在手臂上，侧头与章晋说话，突然一个抬眼，目光不近不远地落在了郑予安的脸上。

郑予安是真没想到晏舒望会来，脑子里臭名其妙就想到了点赞照片的事儿，秦汉关的声音跟大喇叭似的响在他耳朵旁边。

郑予安面上不动声色，内里其实波涛汹涌，浪来浪打，他调整了下表情，笑道："晏总怎么也来了？"

晏舒望看了他一会儿，答非所问地道："花瓶挺漂亮的。"

郑予安慢了半拍，才意识到他是看到照片了，讷讷地道："我以为你没看到呢。"

晏舒望在清吧昏黄的灯下露出一个笑容，微微低下头。

"郑予安，"晏舒望平静道，"我看到了。"

郑予安记得，这是晏舒望第二次连名带姓地喊自己。

南方人少有普通话特别标准的，或多或少总会带上些口音，但晏舒望没有。

章晋看不出他们在说什么，他得了好酒，自然喝酒最大。精酿都是小瓶，没什么讲究，直接拿瓶喝也行。

郑予安便干脆没要杯子，凑着瓶口一点点啜着。

这款酒的口味浓郁复杂，带着点经典黑啤呛人的苦，酒花丰盈，香而密实。

晏舒望边喝边耐心听着章晋夸这酒有多好，后者的酒量是真的烂，半瓶不到明显已经上头，说话都开始糊里糊涂起来。

男人喝醉了，基本就干三件事：睡觉、抱马桶、忆往昔。睡觉、抱马桶条件不允许，章晋自然只能忆往昔了。

"小郑啊。"章晋醉了也不敢跟晏舒望勾肩搭背，只能一手揽过郑予安的肩膀，"我还记得你在对公柜台的时候，那个年轻的哟，我来做账——你还记得吗？当时我还没结婚呢，你冲我一笑，啧啧，腼腆！"

郑予安失笑道："哥你才来过几次，基本都是燕姐来的。"

章晋不服气："谁说的，我去过不少次呢，柜台忙，你都没工夫招呼我们，为了不影响你工作，我们待个几分钟就走了。"

郑予安隐约觉得古怪，重复问了一遍："你们？"

章晋一拍脑门："看我这记性，当年咱们 WE GO 还是个破作坊，好几次晏总都是亲自去你们行入账的，你还记得吗？"

郑予安是真的完全不记得了。

这其实不能怪他，银行柜员先不说隔着一层玻璃，每天对公的传票就要做上千张，鲜少有抬头的机会，每家公司的财务基本都那几个时段来入账，全是流水操作，用不着多寒暄交流，这儿拖点时间，后头有人就会催，轧账是有时限的，拖了就得晚一天，那可是闯大祸。

郑予安算是记忆力好的，WE GO 的流水这么多年来指数最高且增长稳定，再加罗燕为人热情，"谢谢""你好"常挂嘴边，郑予安才对她印象不错。

"晏总那时候头发短着呢。"章晋想了想，给他找理由，"你没认出来也正常。"

晏舒望在一旁慢条斯理地喝酒，似乎并无所谓章晋编派他些什么。

郑予安有些没忍住，问他："你之前见过我？"

晏舒望眯着眼似乎在回忆，半晌才摇了摇头："不记得了。"

郑予安也觉得不靠谱，七八年前的事情了，生活又不是小说。

"那看来我的魅力还是不够大。"郑予安笑道。

晏舒望仰起脖子喝酒，他的嘴唇沾了些酒渍。

郑予安觉得他似乎笑了一下。

"你想什么呢？"晏舒望突然看向他。

郑予安眨了眨眼，他跟被敲了一棒似的，有些清醒。

晏舒望举着瓶子，轻轻撞了撞他的瓶身。

酒精让郑予安有些反胃，但又不得不做出得体的回应。

"我这是太自满了。"郑予安拎着瓶子，不怎么好意思地笑道，"晏总不要介意。"

晏舒望盯着他的表情，可惜最后没看出什么破绽来，于是有些意兴阑珊地拨了拨耳边的发。

他懒洋洋地"嗯"了一声，又突然问："你怎么不交女朋友了？"

郑予安愣了下，过了一会儿，才迟钝道："感情这种事情总不能随随便便吧。"

"你没需求？"

郑予安没反应过来："需求什么？"

晏舒望暧昧地一挑眉，他又喝了口酒，声音低哑而蛊惑："你没有吗？"

话题开始偏离的时候，郑予安的确是没想到的。

这是凡人的烦恼，晏舒望怎么看都不该有。

"平时工作那么忙，我都快成和尚了。"真要聊起来，郑予安也不会落了下风，不正经的话题正经讲，坦坦荡荡才是乐趣，"毕竟我真不是随便的人。"

晏舒望似乎觉得好笑，他还真笑了下，拿了根烟出来。

"抽吗？"他问。

没等郑予安回答，那根烟便递到了他面前。

郑予安接了过去。

他道了声谢，掏出打火机，先给晏舒望点了火，两人这一来一回，居然还有了些默契，就连烟的牌子都一样，也不知道是谁省了谁的。

"我欣赏你的不随便。"晏舒望突然说，他夹着烟，大拇指顶在太阳穴上，歪了脑袋看向郑予安。

酒吧里的灯实在太暗，反倒衬得晏舒望的眉眼亮了起来。

郑予安抽了口烟，半晌才说："晏总怎么不找对象？"

晏舒望抖了抖烟灰，说："没合适的。"

这话抛来扔去，兜兜转转，郑予安明明没喝醉，脑子却昏得有些厉害。

两人抽完了一根烟，又喝了两瓶酒，精酿不比普通水啤，度数要高很多，章晋到后面果然又醉得不成样子，郑予安只好帮忙叫代驾，把人送回去。

"小郑啊，今天晏总来不是给我面子。"喝醉酒的人话都很多，章晋坐进了车里还拉着郑予安说不停，"幸好你来了。"

郑予安失笑："说什么呢哥，早点回去睡觉。"

章晋嘟嘟囔囔着还在说些什么，一会儿"你和晏总关系好"，一会儿"他是看重你"类似的话，车轱辘似的轮番讲。

等车开走了，郑予安才算是松了口气，他折回身，发现晏舒望还站在酒吧门口。

"晏总叫车了吗？"郑予安主动问。

晏舒望晃了晃手机："这么晚不太好叫。"

"要不坐我的车吧，我找了代驾。"

晏舒望没说好，也没说不好，郑予安只当他默认了，一块儿站在台阶上等着代驾过来。

五月的天气要热不热，雨下过几场，天上云多，不见月亮。

郑予安掏出手机来想看代驾到哪儿了，他走下一级台阶，借着路灯的光，微微低着头。

晏舒望的目光落在了他的后脖子上。

"好像离得有点远。"郑予安没回头地道，"我再换个人吧。"

他刷着手机，似乎想起什么，回头问："晏总你住哪儿？"

"嗯？"晏舒望站在高一层的台阶上，他本来人就很高，此刻弯下了脊背，"你好像不知道。你喝多了，脖子会红。"

郑予安是真的不知道，他下意识地捂住脖子。

他向来自信自己酒量，虽算不上千杯不醉，但百来杯还是没问题的，如今像被大人拆穿了把戏的小孩儿，心里隐隐起了些胜负欲。

"今天是喝得急了。"郑予安硬着头皮解释，"我以前不这样。"

街边的路灯无声，只有地上一圈晕黄，天上无星月，晏舒望听着他的解释，似乎觉得好玩，忍不住笑了一声。

这声笑没什么恶意，只有一种长辈看小辈的无奈。

过了一会儿，郑予安终于感觉酒劲儿过去了些，站直了恭敬道："谢谢晏总。"

郑予安叹了口气，忍不住再次强调道："我真的以为我喝酒不上脸的。"

晏舒望想了想，安慰他说：“也不算上脸。”

郑予安笑了起来，酒花的香气还没散去，绕在两人的中间。

郑予安有时候觉得晏舒望做事情不符合年纪，太过于随性了些，但又不记得在哪儿看过一句话，男人至死是少年。

他想起来以前安代就说过他没意思，大人一样，活得很累，郑予安当时不怎么明白“没意思”的道理，现在好像才能理解一些。

代驾来的时候，郑予安的思绪跑得远了点，他回过神来，带着代驾去开自己的车，晏舒望坐到后座上，下意识地往里面挪了一个位置，郑予安犹豫了一下，还是坐了进去。

这不是一般的啤酒，后劲跟红酒一样足，郑予安还在晕，于是靠着椅背闭目养神，他还是第一次坐自己车的后座位置，长腿也没办法完全伸直，有些后悔当时没有买辆SUV（运动型多用途汽车）。

晏舒望在旁边突然出声：“前面左拐。”

代驾问道：“开进去吗？”

晏舒望不怎么客气地做主道：“开进去。”

郑予安睁开了眼，发现晏舒望住在月亮湾，他随口说了一句：“现在这边房价多少了？”

晏舒望：“四五万吧，没怎么关注过。”

代驾一直把车开到了楼下，高档小区没多少地面停车位，晏舒望下车后郑予安也跟着送了送，他没走远，倚在车门边上等晏舒望进单元楼。

"我这是来认个门啊。"郑予安开玩笑道。

晏舒望看了他一眼，问："认好了吗？"

郑予安佯装前后看了看，说："认好了。"

晏舒望在夜色里笑起来，他说："你下次可以上楼来再认个门。"

郑予安问："你住几楼？"

晏舒望说："七楼。"

郑予安夸了句："寓意好，七上八下。"

晏舒望说："想不到你还挺迷信。"

郑予安摆了摆手，代驾还等着，他得走了。

晏舒望最后说："你上车吧。"

郑予安便上了车，他降下车窗，还想让晏舒望先上去，但对方站在原地，手插在裤袋里，一副不准备动的模样。

代驾踩下油门："走了老板。"

郑予安漫不经心地"嗯"了一声，他没升上窗子，从后视镜里看到最后慢慢变成了一个点的晏舒望。

秦汉关第二天又纡尊降贵来了郑予安那层楼面的休息室。

两人算是老烟友了，边抽边聊天："昨天喝酒了？"

郑予安点头："和 WE GO 的人喝的。"

"晏舒望也去了？"

郑予安没否认，秦汉关"啧"了一声。

郑予安不太想接他这茬儿，秦汉关自己倒不觉得有什么。

"大客户，服务好点是应该的。"他想得挺开，"你问问晏舒望会不会打麻将。"

郑予安有些头痛，秦汉关除了工作，没什么特别好的习惯，差不多跟郑予安完全两种风格，牌桌上更是混得风生水起，园区几个高档麻将室如数家珍，甚至 JS 银行有几个理财大客户都是秦汉关从牌桌上挖来的。

秦汉关振振有词："你知不知道打牌增进感情啊，晏舒望格调摆这么高，得给他点烟火气。"

"他挺有烟火气的，不一样的烟火。"

秦汉关："……"

话是这么说，但迫于领导的淫威，郑予安还是抽空在微信上问了晏舒望一嘴。

消息刚发出去没多会儿对面就来了答复："打花儿还是白板？"

郑予安一看就知道这是个老手了。

他按着九宫格："打花儿吧。"

晏舒望：“行，你和秦汉关说我去。”

郑予安有些惊讶：“你怎么知道是他问的？”

晏舒望过了许久才回复：“因为我知道你不怎么打麻将。”

郑予安的确不怎么打麻将，晏舒望其实也不爱打，爱打的是焦唐，但秦汉关自有一套理论，觉得很多问题一旦聚众玩起来都能迎刃而解，既然喝酒伤身体，那么就打麻将吧，前后脱离不了一个“钱”字，很适合搞一搞。

除了晏舒望，秦汉关当然还约了他的“老牌友”焦老板。

园区里高端的麻将馆是按小时收费的，秦汉关大手一挥直接包了六个小时，郑予安到的时候，晏舒望和焦唐正在喝茶。

开麻将馆的老板也是个雅致的人，中厅放着几盆修剪好的文竹与迎客松，墙上挂着牌匾，上头写了《陋室铭》里面的句子——“谈笑有鸿儒，往来无白丁”。

秦汉关为此特意评价一句：“妙啊。”

晏舒望喝的是一杯梅子茶，生津解渴，入夏后喝正合适。

他坐在一盆兰花的旁边，难得没穿正装，但棉麻质地的休闲服也相当考究。

秦汉关明显还不太适应他的帅气程度，好几次看人的目光都没什么分寸。

郑予安上桌忍不住警告了他一句："你别盯着人家。"

秦汉关脸皮倒厚："多看几眼又不会少块肉。"

郑予安皱眉："不礼貌。"

秦汉关笑起来："都是男人，用不着这么绅士。"

郑予安知道说多了没用，怕秦汉关再做什么出格的事儿，便先一步坐到了他的对面去。

晏舒望愣了一秒，目光游弋在两人中间，最后选了郑予安右边的位置。

焦唐与秦汉关是老搭子了，摸牌聊天，你来我往好不默契。

中途有送茶水的小姑娘敲门进来，小姑娘一身旗袍，姿态曼妙，秦汉关当即忍不住多看了几眼，郑予安不动声色地在桌子底下踹了他一脚。

晏舒望摸牌的手停在了半空中，他看了郑予安一眼。

秦汉关催促道："快快！"

郑予安后知后觉地发现自己踹错了人，正尴尬着，膝盖突然被人轻碰了一下。

"圆圆！"秦汉关又瞎叫起来，"轮到你了！"

焦唐像发现了什么不得了的事，他笑道："圆圆是谁啊？"

郑予安无奈道："是我，予安两个字的拼音连在一起就是'yuán'，秦行长一急就容易喊错。"

"这名字可真够娇气的。"焦唐笑个不停。

秦汉关得意地道："你是不知道他以前做柜员的时候，整个对公的阿姨小姑娘们都喊他圆圆，后来当了领导，喊的人才少了。"

郑予安笑了笑不说话，秦汉关这回倒是没瞎说，但其实他也不介意被这么叫，只是随着职位上升，懂规矩的人越发多起来，自然就再没人会这么喊他了。

既然秦汉关开了这么一个头，焦唐也跟风似的喊起了郑予安"圆圆"，整个棋牌桌上都是圆圆长圆圆短的，搞得郑予安出牌速度都快了不少，点了不少炮给另外三个人。

"我这是来捧场的啊。"郑予安重新摸了一轮牌，忍不住苦笑着抱怨道。

秦汉关叼着烟，无所谓地道："你多久才玩一次，输几局很正常。"

郑予安不想理他，总觉得被喊了"圆圆"，他的牌运才差起来。

来回摸打了两三轮，郑予安已经听牌了，他想着好歹自摸一把，就突然听到旁边的晏舒望扔了张牌出来："五万。"

郑予安"欸"了一声。

秦汉关忙站起身来要看："和了？"

郑予安笑着咧开嘴，他把牌摊开，很是高兴："还真和了。"

焦唐乐了："哟，这还是晏总点的第一炮呢。"

晏舒望没什么表情，他拉开抽屉，取了钱出来，两指夹着递到郑予安面前。

"圆圆。"他像喊小孩儿，开玩笑似的对郑予安说，"去买点糖吃。"

郑予安还真去买了糖回来，进口水果糖、奶糖、陈皮糖、话梅糖……反正十几种味道，每种都买了点。

服务员小姑娘把花花绿绿的糖果摆了盘，端到几个人手边的小桌上，秦汉关瞄了一眼，边抽烟边笑："圆圆你就是太体贴，做事情滴水不漏，让人找不着碴儿。"

郑予安忍俊不禁："你要找我碴儿干什么，扣我工资啊？"

焦唐剥了颗奶糖到嘴里，状似惊讶地"哟"了一声："挺好吃的呀。"

郑予安笑笑："难得吃一次，肯定好吃。"

焦唐显然很喜欢像郑予安这么有眼力见的人，他又剥了一颗陈皮的，动作自然地递给秦汉关。

秦汉关很自然地就接了过来把糖吃进了嘴里。

郑予安手上动作稍顿，就被他催了声："快垒！"

焦唐笑盈盈地看向郑予安，问："圆圆要吃吗？"

郑予安得体地道："我自己来。"

焦唐没什么所谓，他把面前的牌垒成块，横着一放，又去摸糖。

郑予安自己给自己剥了一颗，他把糖含在舌尖下面，去看晏舒望，后者摸了张牌，打了另外一张，抬起眼望了过来。

"晏总吃糖。"因为含着东西的缘故，郑予安说话有些含糊。

晏舒望似乎觉得他这模样好笑，还没说话就听秦汉关捏着嗓子起哄："圆圆，给晏总剥糖！"

要说起没脸没皮来，秦汉关称第二，没人敢称第一，他能做到行长这位置还真不是浪得虚名。

晏舒望似笑非笑的。

他拿了张牌在手里，上下转着，不轻不重地磕在台面上，坐姿就算是随随便便的，也很有腔调。

郑予安挑了个话梅糖，大方地问他："吃吗？"

似乎觉得自己有些多此一举，他剥开糖纸，直接递给了晏舒望。

晏舒望接过来含在嘴里，他淡淡地道："挺甜的。"

吃到了糖的晏舒望这一轮又给郑予安点了炮，秦汉关非常不高兴："晏总啊，你这是吃人的嘴短了啊？"

晏舒望边摸牌边平静道："我手长就行了。"

秦汉关的话在晏舒望这里是半点用处都没有，行长一憋屈就爱拿手底下的人出气，秦汉关又在阴阳怪气地喊"圆圆"。

郑予安无奈地道："别给我夹板气啊，打牌呢。"

焦唐唯恐天下不乱："舒望，你怎么能故意放水呢？"

晏舒望不说话，秦汉关还在煽风点火："晏总要一直输到底咯。"

郑予安没忍住，又在桌子底下踢了他一脚。

秦汉关没什么反应，晏舒望却突然开了口，他说："圆圆，第二次了。"

郑予安："……"

秦汉关没懂第二次的意思，莫名其妙道："什么东西？"

焦唐掩着嘴笑："别问了。"

晏舒望很是气定神闲，仿佛夏天沾不着他的眉眼，一轮牌下来，他的坐姿不变，又给郑予安点了炮。

最后就连焦唐都半真半假地抱怨："Colin 你别是热晕头了。"

郑予安这一天几乎一直在赢，虽然后来他也点了几次炮，但也赢得有些不好意思。结束的时候秦汉关还开他玩笑，说本来该伺候老板的，现在倒是反过来了。

盘子里的糖还没吃完，看得出来晏舒望最喜欢话梅味的，郑予安便拿了几颗放口袋里，准备等下饭后借花献佛。

这一顿饭自然是郑予安出的钱。

秦汉关不客气地点了两份芝士澳龙，酒水更是敞开了喝。

焦唐本身就是做餐饮的，饭桌上无酒不欢，四个人没有一个酒量差的，喝完一轮，脸色都没变。

秦汉关边倒酒边夸郑予安："我们圆圆海量啊，脸色都不变。"

郑予安只是笑笑，不说话，他下意识地伸手去摸了下后脖子。

秦汉关是奔着要把晏舒望灌醉的目标去的，他酒量不错，理论上与郑予安都难分伯仲，可明显的，他这点量在晏舒望面前就不太够看了。

晏舒望喝混酒都能当水一样喝。

郑予安看他一杯又一杯不客气地与秦汉关你来我往，才觉出以前喝酒的时候对方是真的体贴。

秦汉关最后看人有些糊，舌头都大了起来："晏……晏总啊，你真是可以的。"

晏舒望又点了根烟，他的烟盒差不多都空了，也懒得再拿盒新的。

秦汉关已经喝不动了，焦唐跟着有些上头，郑予安还算清醒，但也喝了不少，脑子反应差不多要慢半拍。

晏舒望两指随意地夹着根烟，他笑了下，眼神很清明："再点些啤酒漱漱口？"

秦汉关："……"

焦唐乐不可支："你饶了他吧，再喝下去明天得挂点滴了。"

晏舒望没说好也没说不好，他似乎觉得无趣，轻轻撇了撇嘴，这动作显得他有些孩子气。

郑予安一直看着他，忍不住跟着笑起来。

晏舒望突然转过头，问："你笑什么？"

郑予安愣了愣，他道："喝多了？"

"我像吗？"

郑予安又笑了："现在有点像。"

晏舒望眯着眼，抽了口烟，站起身来："我去趟厕所。"

郑予安怕他真喝多了，忙道："我也去吧。"

晏舒望这回笑得有些大。

两大男人一起上厕所总归还是有些滑稽，特别是这家饭店的卫生间还小，总共一个马桶两个便池，加了门后中间过道只有一人侧身的距离，怕外头人冒失闯进来，郑予安不得已还锁了门。

晏舒望先解决了生理问题，拉上裤子拉链，准备从郑予安的背后过去。结果刚过一半，郑予安也完事儿了，不出意外两人撞在了一块儿。

郑予安轻声说了句"抱歉"，晏舒望没动。

"洗手。"晏舒望指了指一旁的台盆。

地方太小，两人洗手都不得不肩膀挨着肩膀，郑予安偷摸着用眼角瞄了晏舒望一眼，后者面无表情，肥皂泡沫打得满手都是。

"你到底在看什么呢？"晏舒望突然问，他声线刻意放得很低，手上的泡沫也没洗掉，水龙头哗哗作响，遮住了外头的敲门声。

郑予安张了张嘴，他有些心虚："没看什么……"

晏舒望似乎从鼻子里笑出了声来，他慢悠悠地把泡沫冲掉，甩了甩手，可能甩手的动作太大，有几滴泡沫像云朵似的，落在了一旁郑予安的手上，后者有些无语，斜眼看着他。

晏舒望脸上没有一点恶作剧过后的愧疚，光明正大伸着手，无辜地道："我没想到会甩那么远。"

郑予安假笑了下，红酒的后劲儿有些上头，他也顾不着什么大客户不大客户了，像小时候弹水花似的，下一秒就把水弹到了晏舒望脸上。

晏舒望不是长发还好，可惜就在他头发有些长，沾了水的湿发粘上了他的脸，他捋了好几次才捋开，倒也没动气，无奈地道："你呀。"

郑予安"哈哈"笑出声来，他刚这么一打闹，酒气上脸，脖子都红了。

晏舒望说他小孩子脾气，吃不得亏，现在的样子真是脸红脖子粗。

郑予安报了仇心情好，也不跟他犟嘴，哼着歌地把手上的泡沫洗干净。

外面敲门的人大概并不着急上厕所，一会儿就没了声音。郑予安抽了张纸，先递给晏舒望，才自己擦干净了手。

酒桌上秦汉关已经喝大了，他还算有酒品，并不乱发酒疯，被焦唐半扶着送上了车，代驾在前头，焦唐弯腰隔着车窗叮嘱了几句。

晏舒望看了一会儿，说："你不如送他回去。"

焦唐瞋他一眼："才不呢，大好夜晚，我不能浪费在送一个大男人回家的事情上。"

晏舒望没说话，他只是笑了笑。

夏日的夜色有些泛潮，湿意黏在人脸上，像镀了层莹润的光。

焦唐叫的车也到了，郑予安的代驾还没来，晏舒望想抽烟时才记起来没买新的，他转头看向郑予安，问了句："有烟吗？"

郑予安摸了摸口袋，晒了一下："只有糖了。"

晏舒望看过来的眼神又变得像拿他没什么办法似的，说："小孩子才老吃糖。"

郑予安抿了抿唇，没说是刚才的话梅糖，两人都没烟抽，便有些无聊地站在屋檐下等车。

饭店的生意到了八九点钟仍然很好，进进出出有不少人，人流一多，自然会有一些擦擦碰碰，郑予安避了好几次，渐渐地与晏舒望分在门两边站着。

空气里黏腻的感觉气闷又压抑，似乎是雷雨前的节奏。

郑予安抬了几次头，看见压在了屋檐上的云朵。

他表情犹豫了一会儿，似乎想往晏舒望那边靠一靠，不巧又有人上台阶，几个人走走停停，前头的还回头与后头的说话，中间隔了一段，不尴不尬地又插不过去。

"抱歉。"晏舒望突然出声，准备进门的人停了下来，男男女女都看向他，表情都是常人看明星似的惊艳。

晏舒望很熟悉这样的神色，他表情平静，招招手。

"他和我一起的。借过下。"

雷雨落下来的时候，郑予安的车先到了，他上车前看着站在屋檐下的晏舒望问了句："你怎么走？"

晏舒望淡淡地道："我等车。"

"一起吧？"郑予安说，"绕点路送下没事的。"

"你喝得有些多，我怕开久了你得吐。"

郑予安的确喝了不少，但还没到醉的程度，他莫名不怎么高兴晏舒望总拒绝自己，微微皱着眉。

晏舒望突然指了指郑予安的眉毛。

郑予安："嗯？"

"下雨了，容易心情不好。"

郑予安不懂他这句没头没尾的话的意思，问："什么？"

晏舒望又像在哄小孩儿，说："明天就出太阳了，高兴点。"

第二天还真就被晏舒望说中了，太阳火红得能把天都烧起来，入夏后的雨水也就凉爽一时，落一场得热五摄氏度。

郑予安办公室里开着空调，他买了包新的烟，摸口袋时发现话梅糖还在里头。

秦汉关午休的时候又来了。

他很是迫不及待，问昨晚他有没有干啥事。

郑予安斜睨着他："你想干啥？当众吐吗？"

秦汉关吓了一跳："那不行啊！"

他很不安："我没吐吧？"

郑予安有些无语，他点了根烟，把话梅糖放到了桌上，秦汉关看见了下意识伸手去拿了一颗。

郑予安"哎"了一声："你老实点。"

秦汉关莫名其妙，把糖剥了放嘴里，嘟囔道："还有一颗呢，你小气什么。"

秦汉关又扯了些有的没的，提到焦唐的时候才突然想起什么来，神秘兮兮地道："焦老板那家饭店一年能赚多少钱你知道吗？"

郑予安露出一副复杂的表情，反问道："你知道？"

秦汉关很得意，像得了高分的学生："我早知道了。"他手指伸出来，比了个数，表情看起来非常羡慕。

郑予安这倒是没想到，不过他怀疑是秦汉关自以为是。

秦汉关就知道他不信，信誓旦旦地道："真的，我们最早认识的时候他就和我说过赚得不少，他还问过我要不要投资呢。"

郑予安："……"

比较出乎意料的是秦汉关的回答，他非常义正词严地道："我说你们资本主义的饭我们社会主义是不屑吃的！"

郑予安嘴里的烟差点掉下来，他沉默半晌，才回："你人还怪好的嘞。"

接下来倒是没什么事儿再需要忙的，郑予安算是过了相对比较悠闲的半个月，但银行再悠闲也得五六点才能下班，他又是个极好的领导，向来自己收拾办公室，不劳陈莉花时间伺候。

"今天罗燕姐还打了电话来呢。"陈莉难得没先走，与郑予安一同乘电梯下楼。

"罗燕姐？什么事？"

陈莉笑了下："没事，就是问候下，说 WE GO 这星期有团建，想问我们去不去参加。"

大公司的团建活动一般都会邀请合作方和投资方的领导前去观摩下，讲讲话、动员动员，像银行这类客户关系，还会负责出点赞助奖品，陈莉照流程自然会答应，采购的单子郑予安签字就行了，至于人到不到场其实也无所谓，她做秘书的只是顺嘴问一句。

郑予安没马上答应或者拒绝，他在心里思考了下。

"领导？"陈莉叫他。

郑予安回过神，他表情控制得很好，笑容和煦："当然要去了，你和罗燕姐说一声，我一定亲自到场。"

第五章

青

WE GO 的团建办了有几年，随着公司发展得越来越好，规模自然也就越办越大，这次他们行政干脆租了 LWP 大学的体育馆开运动会。

周六周日，居然还有不少大学生过来看，晏舒望站在场边，半低下头与章晋说着话。

郑予安远远就看见观众席上有年轻的男女学生举着手机偷拍，他看了晏舒望一眼，走了过去。

"同学。"郑予安人高腿长，话语温和，"不可以拍照啊。"

学生们也没有被抓包的尴尬，胆子大的女生还朝他搭讪："那我们拍你呀帅哥。"

郑予安无奈道："也不能拍我。"

他虽然没有美到性别不分的程度，但还是好看的。

学生们青春热烈，跟追星一样，也没认生的毛病，几个人总想着惹郑予安的注意，郑予安的眼神却一直落在球场外头。

章晋喊了一声："小郑啊。"

晏舒望眯着眼，他看了一会儿，突然走了过来。

周围的学生骚动得越发厉害，甚至还有人在问"是不是明星"这种话。

晏舒望在看台下面站定脚步，他仰着头，问了句："你在干什么？"

郑予安笑了下："没干什么。"

晏舒望瞥了一眼他周围的人，脸上似乎表露出了一些不耐烦，他伸出手："下来了。"

有女生可惜地问道："要开始了吗？"

郑予安笑笑没说话，跳下球场。

晏舒望又扫了一圈看台上的人，他低声道："有人问你要电话号码吗？"

"怎么可能？"郑予安哭笑不得，"他们在偷拍你。"

晏舒望故意问："偷拍我？怎么不拍你？"

郑予安知道他在逗自己，并没有接茬儿。

罗燕和章晋朝他们走过来，罗燕今天穿了身运动装，完全不显年纪，她冲郑予安打招呼："小郑总来了。"

郑予安点了点头，他克制而有礼地打量了一番罗燕，笑着道："我远着看，还以为是哪个女大学生呢。"

罗燕"哎哟"了一声，心花怒放道："小郑总夸人就是不一样，说得跟真的似的。"

要说讨人欢心这点，郑予安就跟模板一样，难得的是极有分寸，从不太过谄媚，显得自己掉了身价。

"没点资源背景的，才三十岁就做到了管理层。"章晋私底下与晏舒望或多或少都有提过，"郑予安是真聪明，难得的是他那聪明还很体贴，可惜银行系统太稳，要不然能招来。"

晏舒望淡淡地道："要招八年前就招了。"

章晋叹了口气："那怎么没招嘛，八年前他还是柜员，说不定有机会呢？"

晏舒望没说话，他的目光跟着在球场上与人搭档玩两人三脚的郑予安，他的队友显然不太行，后腿拖得很严重，但郑予安半点急躁的神情都没有，甚至全程都保持着"绅士手"。被扶着的女生大概是不好意思，到了终点又是对郑予安赔礼道歉，又是前前后后帮他拿水递毛巾。

章晋瞧了一会儿，忍不住笑道："小郑没有女朋友吧？是块香馍馍呢。"

"真没事儿。"郑予安换了一双鞋，他边系鞋带边抬头与搭档说话，"游戏嘛，重在参与。"

罗燕在一旁帮腔："小蔡你该加郑总的微信，下次请他出来吃饭。"

叫小蔡的年轻姑娘倒是对罗燕的"拉郎配"有些尴尬，赶忙澄清道："燕姐你说什么呢，我有男朋友了。"

郑予安乐得不行，他们这几项游戏的奖品都是 JS 银行赞助的，所以郑予安倒也不是太感兴趣，他收拾好了鞋子，与两位女士打过招呼才去了趟更衣室，翻外套时却发现烟没带。

郑予安掏出手机，准备叫跑腿带一包来。

他又摸了一遍外套，找出了之前还剩一颗的话梅糖。结果糖纸刚撕到一半，更衣室的门突然被人从外面推开了。

LWP 的条件向来不错，大学体育馆更衣室还带淋浴系统，郑予安没想要冲澡，所以便没锁门，这时候想起来了，才提醒了一句："有人在。"

对方那边的声音稍顿，过了一会儿郑予安听到了锁门的声音。

晏舒望绕过两个柜箱，出现在了他面前。

郑予安："……"

晏舒望散着头发，他的皮肤非常白，肌肉明显却不过分，尤其是肩膀线条，像那种标准的运动模特，随意搭着一件运动背心。

他的目光落到了郑予安的手上："你在吃什么？"

郑予安说："糖。"

"又吃糖？"晏舒望挑了下眉，他突然笑了下，说，"果然很像小孩子。"

郑予安捏着糖，嘟囔道："我就比你小五岁。"

晏舒望随口问道："你吃的什么糖？"

"话梅糖。"郑予安嘴里的糖其实快没了，更多留下的还是话梅的酸味，他补充道，"本来是要给你的。"

晏舒望擦头发的手顿了顿："给我？"

"上次打麻将，我看你喜欢，特意多买了点。"郑予安像是想到什么有趣的事儿，忍不住笑起来，"可惜被秦汉关抢了一颗。"

晏舒望从毛巾底下抬起了眼："是吗？"

"是啊。"郑予安点了点头。

"话梅糖什么味道的？"晏舒望突然又问。

郑予安愣了下，说："你不是吃过吗？"

晏舒望"哦"了一声，他似乎想了一会儿，才说："我不太记得了。"

郑予安又笑了，他张了张嘴，有些坏心眼："最后一颗我已经吃掉了，只能下次给你买了。"

晏舒望皱了下眉，似乎有些不太满意，他像一个没有吃到冰激凌里面巧克力糖豆的大男孩儿，甚至显得委屈："那你记得。"

团建结束的时候，几个高层要一起吃饭，郑予安作为银行代表，身份算是最小的一个，在饭局上，只能负责活跃气氛。

而老板们也分圈子，李殊和林念祥也来了，与晏舒望坐在一边。

"予安。"林念祥主动招呼道，"你坐我们这边来。"

郑予安能与熟人坐一块儿总归好一些，他没怎么犹豫就挪了位子，与晏舒望隔着个人。

林念祥其实非常面善，他与郑予安那种八面玲珑不太一样，天生长得没什么攻击性，一副笑眼，对谁都和和气气的："予安最近在忙什么？"林念祥没什么疏离感地与郑予安聊天。

郑予安笑着道："忙工作、加班，我就那么点事儿。"

林念祥眯着眼睛笑笑，他给郑予安倒了杯果汁，低声道："在我们桌不用喝酒。"

郑予安道了谢，又看他给晏舒望倒了一杯。

"Colin 是个好酒的人。"林念祥解释，"但还是少喝点好。"

郑予安对于这点倒是挺认同的，他看到李殊在另一桌敬酒，林念祥顺着他目光望过去，似乎撇了下嘴："不用管小殊。"

郑予安道："李老板也挺忙的。"

林念祥无奈道："他就是瞎忙。"说着，又想起什么来，神色有些歉然，"他上次是不是去找你了？"

郑予安愣了下："不是……就正好碰上。"

林念祥叹了口气："他贪玩，你别介意，以后他要是再对你无礼，直接扇耳光也行。"

郑予安忍俊不禁，故意说："我会揍他一拳的。"

林念祥还认真想了想，说："这主意不错。"

晏舒望大概是听见了，他从手机里抬头看了郑予安一眼，没说话。

林念祥并不是迟钝的人，问："打什么哑谜呢？"

郑予安张了张嘴，也没办法说什么。

晏舒望淡淡地道："没什么。"

林念祥明显是不相信的，但晏舒望不肯说的事情，就算拿铲子撬开他嘴你也甭想听见，只得悻悻作罢，催着郑予安吃菜。

聚餐到后半轮开始混乱起来，晏舒望作为 WE GO 的三大股东之一，其他桌上的人自然要来敬他，身份大大小小、地位高高低低，晏舒望不论和谁都得喝上那么一杯。

他灌酒的速度像喝水，郑予安看着都怕他下巴漏了，林念祥和李殊知道他酒量，并不担心。郑予安频频看过去，好几次想帮忙挡酒。

"喝酒这事儿不能开戒。"林念祥劝道,"你打出来牌子来这桌不喝,没人会来为难你。"

郑予安:"我知道,但晏总……"

林念祥很笃定:"Colin 醉不了。"

郑予安失笑道:"这到底是多能喝啊。"

林念祥神神秘秘地说:"你过会儿就知道了。"

这所谓的过会儿还真没过多久,晏舒望后面的人还没喝完,前面和他喝过的已经排着队去厕所了。郑予安中间去走廊里抽烟,回头就看到晏舒望出来,像是在散酒气。

两人打了个照面,郑予安自觉地把烟递了过去。

晏舒望含着烟嘴,还没掏出打火机,郑予安已经凑上去给他点着了。

晏舒望抽了一口烟,他半点醉意都不见,脸上清清白白,颜色分毫不深,薄薄的眼皮褶皱耷拉着,有一种冷漠的美感。

晏舒望蹙了下眉,郑予安看着他,口吻像是开玩笑:"您倒是一点都不像你们那圈层的人,包括长相,都少有像您这样的。"

这句话说难听点,其实有些冒犯,随意评价人外貌这事儿,郑予安平时也不会做,这次忍不住说了,第一是实话,第二是郑予安想要找机会占那么点上风。

晏舒望就像一座高不可攀的雪峰,甚至连灼日都消不融他悬在头顶上的那片霜雪。

但郑予安不是一味被动的性格，再说在生意场上，谁都不想平白无故就落了下乘。

晏舒望一时没有接话，他默默抽了会儿烟，问："你和你前女友怎么分手的？"

安代在和郑予安交往的时候，曾评价他是个很无趣的人，体贴、温和、情绪稳定，但没什么意思。

"你从不会拒绝我什么。"安代在分手后曾与他推心置腹过一番，"也从不会热情似火地要求我什么。"

郑予安不太明白要怎样才算是"热情似火"，他自问是个好男友，专一认真，以结婚为前提交往，但似乎并不是所有女人都喜欢这一套。

如今晏舒望问他当年分手的理由，郑予安想了半天，也不知道该怎么回答。

"合不来吧。"郑予安最后简单地解释道，"人家不想定下来，我总不能强抢吧。"

晏舒望手里的烟抽得还剩下半根，烟雾袅袅地飘着，饭店走廊里的灯不是很亮，有种暖红的金属质感，附着在晏舒望完美无瑕的脸上。

第五章 青

119

郑予安并不想过多地讨论自己的私事，他转移了话题："晏总还回去喝酒吗？"

晏舒望没什么所谓道："不了，没什么意思。"

郑予安笑："就没见你喝多过。"

晏舒望不置可否，他抽了口烟，才说："这种酒也喝不多。"

郑予安还想问他"哪种酒容易喝多"，但话没出口，就又有人从走廊另一头走了过来。

林念祥看到他们有些抱怨："躲在这儿抽烟也不叫我。"

晏舒望回了句："你又不抽烟。"

林念祥："不抽烟也能陪你们出来说会儿话呀。"

郑予安站在他俩中间，感觉气氛插不太进去，只能说："那要不我先进去，你们聊？"

晏舒望自然而然地把还剩半根的烟给掐灭了，走到他跟前："我和你一起进去。"

林念祥："……"

李殊还在和几个人喝酒，郑予安和晏舒望进去时他明显有些喝醉的迹象，晏舒望不是太想理他，郑予安倒是不能坐视不理，给他叫了车。

林念祥一副头痛的表情，叹了口气："小殊又惹麻烦了。"

郑予安安慰道："喝醉了嘛，人之常情。"

林念祥仔细看了郑予安几眼，感慨道："予安脾气太好了，怪不得 Colin 那么欣赏你。"

郑予安："……"

晏舒望得留下来送几个重要客户，郑予安本想一个人先走，结果好几次都跟班主任盯逃课生似的被晏舒望盯着，不得已居然和章晋、罗燕留到了最后。

"小郑总没喝酒吧？"章晋明知故问。

郑予安哪用得着他把话说明白，顺溜道："我送晏总回去。"

章晋笑得假惺惺的："哎哟，那就麻烦你了呀。"

郑予安把车开到饭店门口，晏舒望拉开副驾驶的门弯腰坐了进来。

"你真没醉？"

郑予安的目光落在晏舒望的脖子上，故意这么问。

晏舒望懒洋洋地道："放心，醉了也不会吐你车上。"

许是喝了酒的缘故，后半程晏舒望一直都没怎么说话，他手肘撑在车窗边沿，闭着眼假寐。

等到了月亮湾，郑予安凭记忆估摸着开到晏舒望的楼下，他探头看了一会儿，才不确定地问道："是这儿？"

晏舒望睁开眼，"嗯"了一声。

郑予安笑起来："要不要帮你解安全带？"

晏舒望没说话，却也没动，他后半身稍稍往后仰，一副真的要他帮解安全带的姿势。

郑予安也不矫情，他微微凑过身去，"咔嚓"一声，替晏舒望解开了安全带的扣子。

"下车吧。"

郑予安好整以暇地抬起头。

"早点睡。"郑予安还顺手替他开了车门，笑着道，"晚安，晏舒望。"

WE GO 的团建一结束，秦汉关第二天就又来了郑予安的办公室。郑予安现在看到他有些嫌烦，但还得耐着性子听他啰唆。

"你今天说不了多久。"郑予安看了看表，"我得到楼下去一趟。"

秦汉关莫名："你去干吗？"

"去看张师傅。"

在被银监借调过去之前，郑予安一直在分行的对公柜台，算是半对外的柜员性质，与会计很像，当然两个部门离得也很近，隔着玻璃就能互相递单子。

郑予安当年手里的单子经常是张师傅过的手，两人关系很近，几年下来他得了对方颇多照顾。

"你这年纪都能当张师傅儿子了。"秦汉关说，"她居然没把她女儿介绍给你？"

郑予安无奈道："人家早结婚了。"

秦汉关"啧"了一声："有点可惜啊。"

郑予安懒得与他多话，与陈莉交代了几句便独自下了楼。

会计柜台还是那么多人，不少都是老面孔了，也有年轻的小姑娘在跟着几个师父学东西，见到郑予安似乎很惊奇。

林悦先从一堆单子里抬起了脑袋，看到来人时"哇"了一声。

郑予安忍不住笑，问："张师傅呢？"

林悦脸都红了，娇嗔道："你怎么来了？"她边说边去叫张师傅，还在跟郑予安讲话，"你这是当了领导'衣锦还乡'啊。"

郑予安不怎么好意思："算什么'衣锦还乡'啊，我也就办公室往上搬了点地方而已。"

"你就别谦虚了，未来就是行长秘书，平步青云！"

郑予安被她说得不好意思，摆了摆手，坐到了柜台前面，林悦让新来的小姑娘给他倒水，郑予安双手接过纸杯，说了一声"谢谢"。

林悦问他："你今天怎么有空下来了？"

"月底你们轧账，顺便下来看看。"

"我听说你们跟 WE GO 做了大生意？"

郑予安点头："企业贷款，他们公司的现金单子现在还是你在做？"

郑予安去银监之后，JS银行的对公业务正好与公司部整合，部分工作交到了会计部门的手里，林悦就是其中之一，她跟郑予安做了快五年同事，后者当了领导后虽然工作时间上碰面少了，但有什么问题仍旧能直接交接。

"你走后他们的会计还经常问呢。"林悦笑，她回忆道，"两年前了吧，他们总监来问过。"

郑予安有些意外："总监？"

林悦"嗯"了一声："就是晏舒望呀，他早年有亲自来送过单子，你还记得吗？"她比了比肩膀，"那时候他头发还挺短的，没现在那么长。"

JS银行的大厅柜台基本都正对着大门，日光强烈的时候，整个色调有些像日本电影的风格，微微曝光的底片，连人影都淡了下来。

郑予安当年坐在柜台最靠里的位置，他负责几个量大的企业和政府部门，月底的时候接单子能接到手软，脖子上像压了一块千斤顶，压得颈椎都快断了。

"他那时候跟电影明星似的。"林悦回忆起来时表情有些陶醉，"可惜来的次数太少，姑娘们都望眼欲穿。"

郑予安苦笑道："我完全没印象了，有说过话吗？"

林悦也不太确定："有吧……他来也是去找领导的，单子交接一般罗燕在做，但好像和你说过一两次话。"

郑予安努力想了一会儿，还是没有太多清晰的画面，林悦旁边的小姑娘在点钞，手里的票子转得飞快，郑予安盯着看了一会儿，突然问："他是不是说过一句钞票烫手？"

林悦眨了眨眼，乐道："你这不是想起来了嘛。"

不怪郑予安不记得，主要是晏舒望在他的记忆里更多像是一道旁白剪影，剩下的则是银行大楼里的"白日光"——玻璃大厅、浅灰色的等待位、喧闹的叫号声和来办业务的各色客户群体。

隔壁上了年纪的老头老太耳朵不怎么好，柜员得扯着嗓子耐心给讲明白一张卡怎么用，回头爷爷奶奶还絮叨"密码呀，密码六位数啊""不能直接取嘛，才两百块钱嘛"。

当时刚进岗的林悦说了半天都快急哭了，郑予安只能越过工位，帮她解释："奶奶这边金额太小，取不了的，我让大堂经理带你去机器上取好不好？"

老太太听说有人带了，脸上表情才松懈下来，忙说："好的好的。"

郑予安在里头喊了几声大堂经理，张师傅见缝插针地出来说前面太忙了，大堂经理过不来。

"那我陪您去吧。"郑予安从玻璃房里出来，他把工位牌换成了"稍候片刻"的状态，扶着老太太去大厅前面的 ATM 机（自动取款机）。

老人动作很慢，密码输一位数都要想半天，郑予安倒也不嫌麻烦，教了第一遍再教第二遍，耐心十足，等对方取好了钱，玻璃柜台后面林悦正急着找他。

"WE GO 的财会来了，正等着你开票呢。"林悦指了指窗口，罗燕就坐在那儿，带了一叠的票据。

郑予安说了声"不好意思"，把工位牌转了过来。

罗燕笑道："你还真是忙。"

郑予安说："服务行业嘛，正常的。"他接过了罗燕手里的文件夹，还是那么"老三样"，填单子走流程，检查盖章和签名，核对完后再交给张师傅，结果刚入账完，罗燕又从随身带的包里拿出两叠百元纸钞，说："顺便存个钱。"

郑予安看了一眼，咋舌道："你这有点多啊。"

罗燕："所以 ATM 机搞不定，我又不想再排前台的队，你帮我存吧。"

郑予安没多说什么，问林悦拿了台点钞机来，结果电源接上后捣鼓半天却不干活，连林悦都觉着奇怪："坏了吗？"

郑予安不想再浪费时间，他把两叠钞票一拢，上下两边轻微折了一折，利落道："我来点吧。"

一般像郑予安这类岗位的柜员，点钞还真不是必备技能，他之所以会，也是平时无聊跟着张师傅练的，所谓技不压身，谁知道关键时刻会不会有用到的一天。

罗燕这是第一次看到郑予安点钞，对方把手里的一叠纸钞弯成了半卷，一手轻轻压着角，像搓散粉似的快速将票子搓匀成一小把扇面，郑予安的手指干净修长，连指甲盖都修剪得圆圆润润的，他微微垂着脑袋，指尖快速地滑过钞面，像捻着一朵娇贵的花。

人工点钞不会只点一遍，罗燕不急着催，回头不知对谁说了句："要不您先上楼，我在这儿等吧。"

郑予安没抬头，他正心里默数着数，分心不得，林悦倒是朝外头瞥去了一眼。

"速度挺快的。"那人说，"看来这钞票烫手。"

罗燕哭笑不得："您又乱说话了。"

林悦道："这钞票能不烫手嘛，这么多呢。"

郑予安刚点完第二遍，他换了一面准备继续，蒙着头顺嘴说道："才五万，不算多。"

林悦："……"

"你当时也真敢说。"林悦后来忍不住感慨，"当年那五万只是罗燕姐的一笔个人奖金，单独存的，你当着人家上司的面说人家奖金少，怪不得遭人惦记。"

郑予安冤枉："我意思是比我平时练的金额少，点钞这事儿自己练哪个不十万八万的，五万的确不多。"

林悦容不下外人说一点晏舒望的不是，据理力争道："反正你当时不该那么说，太不谦虚了。"

"是。"郑予安不与她计较，他看着新人点钞，过了一会儿，又突然问，"他后来还说什么没？"

林悦满头问号："你说谁？晏舒望吗？"

郑予安"嗯"了一声。

"那时候那么忙，他又是领导，哪有工夫和我们这种人多说话。"

郑予安默不作声，只听林悦又道："不过他有一阵子经常来，陪着罗燕姐在大厅坐一会儿。"

林悦出神了半晌，才叹息道："你懂的，当他坐在我们楼下大厅时的那画面，真是绝了。"

就像在绝对的安静里，唯一的喧闹会显得突兀，那么在无数市井的平凡中，晏舒望就能让这一水的平凡掀起了万丈波澜。

男男女女，老老少少，就像停留须臾的尘埃，晏舒望安静地坐在大厅里，仿佛就连衣角都沾染不上一点这人间的烟火气。

有趣的是，那一阵子 JS 银行还搞了周年活动，将大厅重新布置了一番，几个下属支行都送来了撑门面的鲜花花束，晏舒望来的那几趟，都被花团锦簇给包围着，他坐在一片俗气的大红大绿里，却超脱得像个刚下凡的谪仙。

"我当年还存了他不同角度的照片。"林悦说这话时还隐隐有些激动，"你要不要看看？"

郑予安觉得有些不可思议："你又不是在追星。"

林悦理直气壮："有晏舒望在我还追什么星啊！"

郑予安无话可说，他拒绝了看那些照片，也不知道是个什么心态。

除了林悦，张师傅和他吃饭聊天的时候也提到了晏舒望，他真是太有名气，人不在都还能被刷足存在感。

"你走了以后罗燕还问过你。"张师傅说道，"问你去哪儿了。"

郑予安开玩笑："到底是她问的，还是别人问的？"

休息完回去的时候点钞的小姑娘还在练，郑予安看了一会儿，突然道："你给我，我试试。"

小姑娘以为他要教她，还不太好意思："郑总不忙吗？"

郑予安笑："点钞票的时间还是有的。"

大厅里已经开始营业了，后台办公室还能多休息半小时，郑予安干脆坐到了玻璃房里去，拿了小姑娘送过来的一叠钱，稍显生疏

彩虹琥珀

地搓匀成了小半个扇面。

起初指尖捻上去的动作也不够顺滑，点了一小半才慢慢找回些手感，等第一遍点完，郑予安准备换一面再点一遍时，旁边学着点钞的小姑娘突然对着外头道："哎，不好意思……这边柜台不对外开放的。"

郑予安捏着钞票抬起头，看见晏舒望正站在玻璃隔板的另一边。

大厅里人声鼎沸，日光敞亮，晏舒望微微低着头。

"你的速度比以前慢了。"他说，"看来这次钞票不怎么烫手。"

WE GO 的头部领导来银行，接待的人光郑予安一个肯定是不够看的，秦汉关风风火火地从十二楼下来，颇有些雷公打雷的架势。

晏舒望坐在郑予安的办公室里，郑予安正在给他泡茶。

秦汉关进来后先是寒暄一番，再是假模假样地挪到茶水间与郑予安嚼舌根。

"他怎么来了？"秦行长看起来有些紧张。

郑予安将茶渣滤了一遍，才慢吞吞地道："我哪知道？"

"你不是先碰上他的吗？"

"我在大厅里碰上的，说不定人家就是来办张信用卡，正巧碰上我才跟着上来坐坐呢。"

"得了吧。"秦汉关不接他的忽悠，"晏舒望在我们行的信用卡还用办？黑卡早给了好吗？"

130

郑予安斜觑了他一眼，端着茶壶茶杯出去，发现晏舒望回头看他。

他垂下眼，给晏舒望倒茶，说："我这儿没什么好茶叶，委屈晏总了。"

晏舒望看着他握茶壶、端茶杯的手，十根指头长得正正好。

郑予安慢悠悠地倒茶。

秦汉关出来时，这茶水还没倒完，他非常破坏气氛地道："圆圆你在干吗？开闸泄洪啊？"

郑予安："……"

晏舒望过来的确没什么事，单纯就为了办一笔个人存款业务，秦汉关这种时候就特别积极大方。

"您来直接去楼上的贵宾招待室啊，跑什么大堂，人多又杂又乱的。"

秦汉关说完，又开始训郑予安："圆圆你也是的，怎么不带晏总上楼？"

郑予安还没说话，就听晏舒望开口道："习惯了，前几年我也一直在大堂办业务。"

郑予安的视线飞快地瞥去，他闭上嘴，不开腔。

秦汉关是大客户说什么就夸什么："您这么一说我倒想起来了，

圆圆当时还在柜台当柜员呢。"

郑予安只好说："我接过罗姐不少单子。"

晏舒望轻而浅地笑了下，他眼皮上的褶皱像被风吹起了一层薄薄的涟漪。

秦汉关想起还有其他客户要来，他试探着道："我还有事要忙……圆圆你招待下晏总？"

郑予安刚刚低头喝茶，听到这话好整以暇地抬起头，没什么感情地道："我这不是招待着吗？"

晏舒望喝了口茶，相比之下就要直白多了。

他只说了四个字："慢走，不送。"

第六章

蓝

　　秦汉关最后很"悲愤"地走了，没人同情他。

　　郑予安问陈莉要了个新的烟灰缸，他把办公室门关上，防止两人抽烟时味道散出去。

　　茶水摆凉了，郑予安又重新烧了一壶。

　　他在烧水的时候，晏舒望就坐在正对茶水间门口的沙发上。

　　"今天要不是林悦提起来，我都不记得晏总之前来大厅办业务的事儿了。"郑予安总要找点话题，他滤了一遍茶渣，把烧开的水倒进壶里。

　　晏舒望过了一会儿才回他："我也没来几次。"

　　郑予安端着茶壶出来，他笑道："您才来几次就已经够有名气的了。"

　　晏舒望并不承他的马屁："这么有名，你不也没记住？"

　　郑予安忙认错："怪我，怪我。"

　　许是他这"做小伏低"的姿态取悦到了人，晏舒望抽了根烟隔空扔了过来。

反正牌子和习惯都一样，郑予安也不会客气到连烟的便宜都不占，他摸出打火机，先凑到了晏舒望面前。

因为坐着的关系，两人隔了个茶几有些距离，晏舒望叼着烟，微微倾过半边身子，他的发丝从肩膀上滑落，于是下意识伸手拢了拢。

这不是郑予安第一次看对方做类似的动作，不是柔弱的，但也不妨碍他展示出来的慵懒。

苏烟的味道很淡，火星子闪闪灭灭，晏舒望掀起眼皮，隔着丝缕的烟气看向郑予安的脸，郑予安不动声色地收回了打火机。

"当了领导有个好处。"晏舒望突然道。

郑予安问他什么好处。

晏舒望说："独立办公室，烟可以随便抽。"

这话倒是不假，柜员要抽烟除了得跟领导打招呼，还得去专门的抽烟区，有时间限制，总不能安安心心地把一根烟抽完，郑予安起初有好几次因为抽烟被扣过分。

郑予安沉默了一会儿，忍不住问："我当年没耽误您什么事儿吧？"

晏舒望笑笑，说："真要耽误了，都这么多年了，你赔吗？"

郑予安知道他在给自己下套，却也没想绕过去，便干脆道："那得看是什么事了。"

晏舒望最后抽了半根烟，一副嫌弃他太聪明的表情，偃旗息鼓道："你周末什么打算？"

郑予安开玩笑："您约我？"

晏舒望指了指他，警告道："别来劲。"

郑予安是真没想好周末要干吗，他平时没什么加班安排，家政阿姨也有房子钥匙，基本上不是他回父母那儿去，就是周春桃周女士母爱爆发给他端汤来。

于是晏舒望"老三样"提议去健身。

"感觉'打工人'就这么点爱好了。"郑予安叹息。

"那也不是，结婚有孩子的能聚在一块儿露营。"

"这不歧视我们单身汉嘛。"

晏舒望看了他一眼："我有露营设备，你要真想去，我能带你去体验一下。"

郑予安笑："带男人不如带条狗，还有点亲子家庭的味道。"

他说完，才觉得自己这玩笑开得有些过，想到晏舒望也还是单身，再加上之前他听过的一些传闻，当着晏舒望的面谈到"亲子""家庭"什么的，总要更敏感一些。

"抱歉。"郑予安很坦诚，"您别放心上。"

晏舒望摇了摇头。"没事。"他是真不在意，也不觉得郑予安冒犯，只说，"露营挺有意思的，你考虑考虑。"

郑予安认真想了一会儿，说："还是去健身房吧，咱们去游泳。"

会提游泳是因为郑予安擅长，上次打篮球他的确不怎么样，不但害得晏舒望摔了一跤，自己还丢了面子，但游泳就不同了，郑予安大学里是校游泳队的，自由泳、蛙泳、蝶泳、仰泳随便什么的都拿得出手。

男人嘛，在一块儿总免不了较较劲儿，成熟不成熟都一样，小孩子心性。

在双休到来之前，郑予安回忆了更多曾经关于晏舒望的细节。

这就好比人的记忆是个铁罐盒子，你在打开之前，不会刻意去想里面有些什么，但等真正打开来后，连那些犄角旮旯里的东西都变得丰富了起来。

他最初有印象的，还是晏舒望的那个签名。

WE GO 的公司架构组成其实非常简单，3C 为最大自然人股东，下列责任分支也不复杂，而往往集团运行得越健康，外部的投资稀释便越少，WE GO 正处在这样一个相对较为稳定的发展阶段。

晏舒望的签名就和他人一样，是华丽的花体字，但并不会复杂到让人看不懂的程度，特别是"晏"这个字，上头的日边角圆圆，底下的安秀丽，实在令人印象深刻。

郑予安很想让晏舒望再给自己签个名，想了想又觉得太幼稚了点，晏舒望又不是什么明星，找他签名简直有毛病。

关于游泳的事儿，周五晚上在微信上晏舒望又问了一遍。

郑予安学坏了，故意道："你是不是不会游泳啊，要不要哥我教你啊？"

晏舒望回复得很快："你这是在拿我寻开心。"

"我叫你哥才是拿你寻开心。"

"那你叫啊。"

郑予安笑着回消息："我叫章晋哥呢，你和章晋一样？"

晏舒望不回消息了，大概是有些生气，郑予安也不理他，自己整理好了明天要带的东西，想了想甚至还恶趣味地拍了张黄色鸭子的游泳圈照片发给晏舒望看。

晏舒望终于又肯回消息了，他说："你这就是真拿我寻开心了。"

开心不开心的不知道，反正第二天两人到了泳池都有些后悔，因为六七月学生放暑假，泳池里都是小学生。

郑予安望着一水的小娃娃欲哭无泪，晏舒望好笑道："体验挺新奇的。"

郑予安叹了口气："别埋汰我了。"

池子分深水区和浅水区，大一点的小孩儿在深水区扑腾，胳膊腿上绑着充气袋，被教练呼喝着游来游去。

提供给成人娱乐的就两条泳道，幸好人不多，郑予安先在池子边上热身，他甚至还很专业地带了块附加试温功能的秒表。

郑予安打量了晏舒望几眼。

晏舒望有些无奈："你笑什么？"

郑予安边抄刘海边戴上泳帽，他促狭道："正好小孩儿多，暑假全来游泳了，郑总要是真不会游，咱能浑水摸鱼一下。"

晏舒望掀了掀眼皮没说话。

郑予安在入水前，又调戏了他一句："要不我去给郑总借个游泳圈？就当我借的，绝不让你丢人。"

晏舒望："……"

标准泳道是 100 米来回，郑予安游完一个来回便掏出秒表看了下时间，他手肘搁在浮标线上，撩起泳镜抹了把脸。

晏舒望坐在泳池边，一只腿跷着，一只腿落在水面上，脚尖有的没的随意划着水波。

"你游得挺快。"晏舒望低头看着郑予安。

郑予安把表收起来，左右歪了下脖子抖耳朵里的水："退步很多了，我以前在大学里能破校记录。"

他往前划了一小段，正好浮在晏舒望的脚底下。

苏城很少有非常标准的竞赛泳池，园区这家深水区有两米五，支持跳台入水，只要不是巨人，一般触不到底。

郑予安水性很好，他挂在浮标线上，双腿在水下保持着平衡，像朵云似的浮着，抬头与晏舒望说话。

"你再过来点。"晏舒望说。

"怎么了？"郑予安问着，但还是往前游了一点，几乎快贴到了瓷砖壁上。

晏舒望披着毛巾，他弯下腰。

"你是条鱼吧。"他笑了笑。

郑予安问："你不下来？"

晏舒望的目光仍在他的脸上。

"圆圆。"他突然喊他。

郑予安："嗯？"

晏舒望的表情很认真："你最近打算交女朋友吗？"

郑予安大概是没想到晏舒望会突然问这个问题，愣了几秒才莫名其妙道："怎么了？"

晏舒望只是看着他，半天才说："就觉得你交女朋友该是件很容易的事。"

郑予安笑了起来，说："容易又怎么样？女孩子不是随便交的，得喜欢、得爱、得珍惜，不是口头说说那么简单。"

晏舒望没说话，郑予安对这话题显然没有太大兴趣。

谈恋爱、结婚，说起来好像是顺其自然的一套流程，但那也许只是在外人看来，郑予安不算情史丰富，但也经验十足，他清楚在两性关系里女性所处的劣势，以至于他不会轻易地与任何人开展一段没有准备的关系，那是不负责任的表现。

泳池里小孩儿们太过热闹，郑予安游了两三回就上来了，晏舒望与其说是来游泳的，倒不如说是更像来泡澡的，两人一前一后进了淋浴区，在两个相邻的隔间冲凉。

泡沫在漏水口聚集了起来，晏舒望的声音顺着升腾的雾气飘了过来。

"有洗发水吗？"他问。

郑予安脸孔朝上，闭着眼，任凭水花溅在他的额头上："这儿的质量不行，你自己没带？"

晏舒望那边关了水，声音清晰了很多："在外面不能计较太多。"

郑予安闷闷笑着，他摸索着拿了瓶洗发水，伸长手臂，从隔板的上头递了过去。

晏舒望说了声"谢谢"。

没多会儿，那边水声又响了起来。

郑予安感觉差不多洗完了，他拿了条干浴巾围在腰间，先出了淋浴室。

储物柜离得有些距离，郑予安边擦头发边走过去，他找到自己的那排，把电子钥匙贴了上去。

也不知道是不是浸了水有些失灵，锁头嘀了几声都没自动打开，他正低头捣鼓着，晏舒望那边已经洗好了。

郑予安没回头，话却是对着晏舒望说的："锁好像出了问题，得去叫服务员。"

答应他的只有踩水的声音。

郑予安看了过去，晏舒望的脑袋上盖着浴巾，他伸手拉住了郑予安的柜门。

"把钥匙贴上去。"他命令着。

郑予安反应慢了半拍。

电子锁发出了"嘀——"的长音，晏舒望的手腕干脆利落地一折，柜门被他粗暴地拉开了。

郑予安："……"

郑予安有些尴尬："我还以为坏了。"

晏舒望似乎是笑了下，又好像没有，他低下头擦着湿发。

郑予安来回找起了吹风机。

"你别晃来晃去的。"晏舒望有些忍无可忍道。

郑予安蹲下身从梳妆台下面拿出了吹风机。

又问他:"要不要抽烟?"

没人回答他。

晏舒望坐在长凳上,他一条腿搁在另一条腿上,郑予安手里的烟一时间有些扔不出去。

晏舒望的表情不怎么好看,他说:"你和别人过来游泳也这样?"

郑予安忙道:"那没有。"

晏舒望主动拿过郑予安手里的烟,点上,抽一口。

郑予安低头含着烟嘴,等烟过肺的时候,情绪跟那团气一样复杂,闷了半天也没吐出来。

"我不是其他人。"晏舒望突然道。

"啊?"

"我不用你照顾我的情绪。"

郑予安保持着夹烟的姿势,他隐隐有些明白,又好像没明白彻底,表情放空着。

晏舒望吸了口烟,再缓缓吐出来,缥缈的白雾遮着了他的脸。

晏舒望这话,聪明点的人都能明白,意思其实就是"我们是朋友,你不必这么处处小心"。郑予安面上有点不敢置信,但细细一咀嚼他平时的那些举止，也就懂了。

但依着晏舒望的身份，他能表达得这么直白且纯真，以至于让郑予安甚至有些不知道自己接下来到底该怎么做。

他们平日里相处时都各有身份，性格又争强好胜得很。郑予安始终认为，他们之间就算有友情也是利益主导，晏舒望永远都是他圈子以外的人。

"你可以尝试着和我交心，试试看。"晏舒望有些像骗小孩吃糖的人，"兴许你会发现我是个很不错的朋友。"

郑予安很想说现在这样其实也挺好，都说君子之交淡如水，但看到晏舒望后，拒绝的话又卡在喉咙口，没办法太干脆。

到后面两人抽完了烟，郑予安一副油盐不进的态度，晏舒望便有些烦躁。

郑予安不知道为什么，突然觉得他这样子有点好笑又可怜，于是就真的笑了起来。

晏舒望回头看他，没什么表情，口气有些冲："你笑什么？"

郑予安卡了个壳，他假咳了下，尽量让话语舒缓点："你猜？"

晏舒望冷笑了下，说："反正不是什么好事儿。"

郑予安沉默了半天，最后投降似的叹了口气，说："你得让我有点心理准备。"

晏舒望愣了一下。

"我其实对跟谁交朋友的感觉都是一样的，相较于人际交往，我更喜欢一个人去享受生活。"

晏舒望张了张嘴，他看起来有些激动，似乎想说什么，郑予安抬手制止了他。

"我知道你又要说什么，你无所谓，不需要被照顾情绪。"郑予安慢慢说道，"但就是我性格使然吧。"

晏舒望低垂下眉，他不看他，甚至好像有些紧张。

郑予安想了一会儿，才认真地道："晏舒望，关于交不交心，你给我点时间，我再想想。"

星期一的时候，郑予安接到了安代的电话。

作为前女友，安代和他分手的时候，既没撕破脸皮，也没不欢而散，真真切切应了那句"一别两宽，各生欢喜"，当然，他们甚至偶尔还能约个饭，讨论下贷款利息和理财项目。

"我最近策展都快忙疯了。"安代抱怨道，"一波接一波，都不带歇的。"

郑予安笑了起来，说："你生意好，赚的才多。"

"那也不能拿头发去换啊。"

"可以穷但不能秃"一直是安代的座右铭，她这次承接了 JS 银行的办卡宣传活动，在跟公司部讨论完后，才想起来要跟郑予安知会一声。

"我听说你最近和 Colin 走得挺近的？"安代突然问。

郑予安愣了下，他一根烟叼嘴里，停顿了几秒，才道："你怎么知道？"

"之前不就和你说了，他在圈子里是红人。"她在那边似乎笑了下，才继续道，"我之前觉得他眼熟，以为是因为圈子太小，他又太瞩目，但后来再回忆回忆，发现白间展览的那天不是我第一次见他。"

郑予安没说话，他安静地听着。

"你大概是不记得了。"安代说，"我以前在你行里遇到过他。"

有时候事情的发生就是这么有意思，在过去里翻翻找找总能有些"偶然"和"巧遇"，郑予安不觉得自己的记性有多差，但从别人的嘴里听到晏舒望，又的确是一件很新奇的事情。

他在陌生人的眼中，就仿佛在另一个故事里。

"他那天钱破了，要换一张新钞。"

五六年前移动支付还没那么普及，现金仍旧是主流，郑予安在柜台期间需要轮岗，做的杂事一堆，什么都得会干。

安代的声音越发清楚："我那天等你下班，他就在你柜台前面排队。"

郑予安问:"我给他换新钞了?"

"那倒没有。"安代像是想到了什么好笑的事情,她乐呵呵地道,"他不要新钞,他要你帮他用胶带把破的地方粘起来。"

郑予安默了一下,他的确是做过不少帮人补钞票的事,但那都是为了服务上了年纪的老人,老人们念旧、提防心重,郑予安能理解他们为什么不肯换新钞时的固执,就好像换了后,钱不是原来的钱,会没了那价值似的。

"那时候我就觉得你脾气真好。"安代叹了口气,她突然说,"你补钞票时的样子可太细致了。"

郑予安坐在休息室发呆的时候,秦汉关正好进来抽烟,他最近关心下属的频率减少了,感觉像有了什么新情况,不过两人见着面,肯定得聊一聊。

"你坐这儿干吗呢?"秦汉关把垃圾桶挪过来,他嘴上没个把门的,"不抽烟的,酝酿啥呢?"

郑予安被他说得有些恶心,嫌弃道:"你往旁边去点。"

秦汉关骂了他一声"矫情",却没动,他点着了烟,说:"想什么事情和哥哥说说,业务出问题了?"

"业务有问题我就加班了。"

"那就是别的出问题了？"

郑予安没说话。

秦汉关见他又不说话了，弹了弹烟灰，催促道："说说嘛。"

郑予安给了他一个"你真无聊"的眼神，耐着性子道："就是遇到一件挺有意思的事。"他组织了下语言，才又继续道："原本以为没什么交集的人，其实很早的时候就认识了，只是可惜最近才发现。"

"就这？"秦汉关似乎觉着不可思议，他突然反应过来，问，"不是，你可惜什么？是可惜想起来得晚了，还是认识得早了？"

郑予安愣了愣，他确实没考虑过这个问题，他想了半天，最后才说："好像都挺可惜的。"

"你行啊。"秦汉关哈哈笑了两声，他把烟灭了，拍了拍郑予安的肩膀，"久别重逢，挺有缘分的啊。"

郑予安下午空了后给晏舒望发了消息，对方那边很快回了电话。

"年中活动？"晏舒望的声音有些模糊，"干什么的？"

郑予安道："回馈客户们的。"

JS 银行每年都会有两场团建，年中和年底举办，偶尔为了显摆会邀请些高净值企业客户来参加，对方给面子会来一下，不给面子就发个祝贺函，秦汉关会跟唱圣旨似的在全行大会上声情并茂地给念出来。

"你和薛总谁来都行。"郑予安说,"要来不了就发个函。"

晏舒望在那头笑出了些动静,问:"你要我来吗?"

"那肯定你来最好。"

晏舒望这次带了罗燕来,两人签了名就被陈莉带到了小礼堂。

大热天的,JS 银行可不敢搞什么运动会"迫害"这些大客户,都是好吃好喝地供着,请了知名酒店的厨师来负责甜品台,酒水都是高端档次,服务生态度恭敬,好让各位"大佬"们舒心畅快地谈天说地。

罗燕对几个同行女老板的妆发很感兴趣,当然还有包,晏舒望随意道:"去聊聊好了。"

罗燕心花怒放:"谢谢老板!"

以至于郑予安来的时候,就看见晏舒望端着香槟杯,一个人百无聊赖地站在甜品台旁边。

他本来想着悄悄走过去,但晏舒望很快就发现他了。

郑予安只能先打招呼:"嗨。"

晏舒望看着他虚举了下酒杯:"嗨。"

郑予安走近,忍不住笑着低声说了句:"晏总眼睛生得真好。"

秦汉关不知道什么时候来的,全场聊了一遍,肯定不可能落下晏总这边。

虽说秦汉关是自己领导，但郑予安是真的看不上他这种"花蝴蝶"般轻浮的脾性。

关键是实在没什么边界感，要都是外向的人就算了，秦汉关这性格肯定吃香，事半功倍不在话下，但明显晏舒望内敛得很。

好不容易和晏舒望如今关系这么好，双方合作甚至更进一步，郑予安可不想秦汉关现在来搞什么幺蛾子。

关键郑予安更不希望晏舒望因为秦汉关这个样子，也觉得自己是个轻浮、肤浅的人。

想赶人走的心太急切，郑予安急得后脖子汗都出来了。

郑予安问他："你还有什么事？"

"没什么事，就来看看我们晏总，等下吃饭坐一块儿怎么样？我给晏总夹菜！"

郑予安看了一眼晏舒望，后者的脸孔上倒是没太多情绪，只是看得出也挺敷衍秦汉关的，偶尔"嗯"一声，也不知道是答应还是不答应。

不一会儿，罗燕来了。

她大概与几个高层女领导聊得很好，红光满面、气势昂扬，一旦加入这话局，节奏立马被带了过去。

晏舒望说了句"外面走走"，郑予安便跟了出去。

　　JS 银行这次是在一家五星级酒店办的团建，小礼堂后头是个仿苏式的园林，长廊环环绕绕，围着假山转了几圈，湖心亭盖在荷叶池里，多多少少有那么点意境。

　　郑予安把西装脱了，挽在手臂上，他抬头去看晏舒望，男人穿着棉麻质地的短袖衬衫，卡其色的裤子被挽成了九分左右，露出一截脚踝。

　　"外面太热了。"郑予安揩了把汗，他有些后悔出来晃，还不如待在空调间里。

　　晏舒望打量了他几眼："你们规定穿行服？"

　　郑予安："好歹是承办方，而且请了这么多大人物，总得穿正式点。"

　　晏舒望看他一直在流汗，衬衫后头都湿了一片，想了想，突然道："我去前台开个房。"

　　郑予安没反应过来："开房做什么？"

　　晏舒望看着他，似乎和软地笑了下，他说："你可以在我的房间里洗个澡，顺便吹会儿凉风。"

　　晏舒望要了间套房，把房卡送到郑予安手上。

　　套房服务还包括一顿下午茶，大概是看在晏舒望财大气粗的面子上，主厨亲自送了餐车上来，顺便还配了一瓶好酒。

郑予安也不懂下午茶为什么要配酒，晏舒望无所谓，示意他先去洗澡。

"把脏衣服换下来给他们！"晏舒望边倒酒边说，他在外人面前用惯了祈使句。

郑予安有些犹豫："那我等下穿什么？"

晏舒望："他们干洗一下也就两小时，我们在房间里等着就行。"

服务生全程站在一旁。

郑予安进了卫生间，脱下衬衫和西裤，隔着门扔到了外面地毯上。

外头窸窸窣窣一阵，许是服务生把他衣服收走了，晏舒望好像说了句什么，郑予安却没有听清。

他开了淋浴间的水，站在花洒下面，脑子有些混乱。

淋了半天水总不能随便洗洗，郑予安刚抹完洗发水，浴室门被人敲响了，晏舒望问了句："我让服务员给你买了套衣服，洗完澡穿，放哪里？"

郑予安头发上全是泡沫，热气蒸得他身上泛红，半天才回道："你把东西放外面吧。"

晏舒望听到笑了一下。

将身上的泡沫冲掉后，郑予安直接擦干净上身出了淋浴间。

他拆了衣服的包装，穿上时发现大小果然正好。

一般团建的顺序，晚上自然又要吃饭喝酒，郑予安到餐厅的时候，秦汉关已经坐那儿把酒摆上了。

他叼着根烟，和对面人说着话，一回头还能分心观察郑予安的穿着打扮。

"你这衣服熨过呀。"秦汉关吊儿郎当的，"去哪儿混了？"

郑予安笑笑，说："出汗太多，要了间房冲了个澡。"

秦汉关："你这是公费私用啊。"

郑予安淡淡地道："我又没拿发票要你报销。"

大人说瞎话，一半真一半假，把真的说了，至于假的，看上去也像是真的，郑予安虚长那么多岁，早到了处变不惊，见人说人话见鬼说鬼话的境界，他摸了烟盒出来，客气地四下派了一圈，自己夹了一根在手里。

晚饭前还有节目表演，秦汉关突然问："晏总呢？"

郑予安刚想说他等会儿过来，身边的位子突然被人往外拉开一个身位，晏舒望清清爽爽地坐了下来，他转头与秦汉关几个人打完招呼，才看向郑予安。

"郑总。"晏舒望点了点头，表情波澜不惊。

郑予安也学他，客气道："晏总。"

秦汉关在旁边忍不住打岔："你俩装不认识啊？"

郑予安回了句："哪能呢，在外头得给晏总面子。"他边说着边把自己的烟递给晏舒望。

秦汉关大概是狗鼻子，不知道从哪儿闻了闻，嘀咕道："你俩身上怎么都有香味儿？"

郑予安点烟的手还举着，晏舒望凑着他手把烟点着了，平静地道："那郑总要比我好闻多了。"

秦汉关乐了："都是钞票的味道，香得到哪儿去？"

两人就这铜臭味说了半天，周围一圈人倒也被分散了注意力，等台上节目开始演了，郑予安才忍不住低头，嗅了嗅自己身上的味道。

晏舒望说："别闻了。"

要说两人之间的关系更近了些后，似乎也没太多变化，只不过以前郑予安午休是在休息室和秦汉关抽烟，现在改成了和晏舒望微信聊天。

男人和男人之间对网上聊天这种事不算特别擅长，当然也聊不了太多，郑予安上午从陈莉那边收了套表情包，发给晏舒望看。

"小姑娘的表情包就是比较可爱。"郑予安问，"你喜欢哪个？"

晏舒望回了句："都不错。"

郑予安叼着烟笑，一抬头就看到秦汉关推门进来，看到他的表情有些嫌恶："你怎么笑得这么恶心？"

郑予安没懂"笑得这么恶心"是什么形容，往旁边让了两个位子，开玩笑说："你嫉妒啊。"

秦汉关："我用得着吗？"

郑予安被他这种自恋到不行的反应搞得鸡皮疙瘩都起来了。

晏舒望后来又发了个网址过来，郑予安点开，发现是个山庄邀请函。

"私人的，我们可以去露营。"晏舒望说。

郑予安："你都说多少回露营了，这么喜欢啊。"

晏舒望："有意思啊。"

郑予安问："哪儿有意思啊？"

晏舒望过了一会儿才回复："以前带个帐篷带条狗，就一个人，待两天，挺好的。"

郑予安想了半天，才反应过来，哭笑不得地道："合着我就是那条狗呗？"

晏舒望发了个"哈哈哈哈"的表情包过来。

郑予安发了个"哼"的小狗表情包。

顶端显示着正在输入，晏舒望半天才发来一行字。

他说："大家一起看星星和月亮，散散心也挺好的。"

第七章

紫

郑予安在答应露营之后的两天，下到一楼营业部去拿章，这本该是陈莉的活，但郑予安最后还是决定自己跑一趟。

银行大堂下午有一阵子人会比较少，郑予安下楼的时候林悦正在摸鱼，台面上摆了牌子，躲在后头休息室吃水果。

郑予安碰到她扬了下眉，说："当心我扣你绩效分。"

林悦并不怕他，朝他吐了下舌头。

张师傅还在开会，章没办法马上拿到，郑予安坐在玻璃窗口里头，往外面看着等候区的位子，林悦吃完了水果，凑到他身边指了指前台。

"晏舒望之前就坐在那个位置。"她说。

郑予安失笑："你怎么什么都记得？"

"还不是他总坐那个位置，就差盖个'晏舒望专属'的章了。"

郑予安不说话，那个位置他知道，离他以前的柜台很近，不过是第二排，前面有人的时候，就会把视线挡了。

不过挡的是柜台里面人的视线，从外头往里看还是清楚的。

郑予安盯着那位置看了一会儿，忍不住问："他一直就坐那儿吗？"

"对呀，印象太深刻了，想忘也忘不了。"

郑予安没露营的经验，他在微信上问晏舒望要带什么，对方说人到就行了，别的不需要。

"换洗衣服呢？"郑予安不放心。

"露营地你指望着有洗澡间？"

"这大热天的能不洗澡？"

晏舒望回了句："你太洁癖了。"

郑予安自己都没发现自己还挺难伺候，他心想着晏舒望居然都不介意洗没洗澡这种事儿，这一点都不像他！

人家说什么都不用带，郑予安也不可能真的就听对方的，反正就两天，他准备不洗澡也得换衣裤，所以还是把该带的都带了，结果零零碎碎一整理居然装了个中号行李箱，晏舒望开着越野来接他时，看到箱子的表情明显有些微妙。

"你到底还带了些什么？"他最后没忍住，还是问了。

郑予安坐在副驾驶座，这还是他第一次坐陆巡，日系越野车，车子模样虽然难看但各项性能顶级，晏舒望不愧是热爱露营的男人，为此能专门搞一辆车。

"我带了个电饭煲。"郑予安非常诚实地坦白，"还带了点米。"

晏舒望："……"

郑予安尴尬道："不能带？"

"你带都带了，我现在让你扔了？"

郑予安心想也是，干脆把自己带的东西都说了一遍。

晏舒望听到一半，打断他道："你还带了苹果？"

"水果带了几样，你想吃哪个？"

晏舒望边开车边笑起来，郑予安不知道他在乐什么，有些莫名其妙。

晏舒望选的山庄其实不远，半对外开放，晏舒望与山庄外看门的人打了个招呼，便顺利地把车开了进去。

"先去喝点茶。"晏舒望停好了车，从后备厢里拿出露营用具来，他看着郑予安开始大包小包地从车里拿东西，又突然道，"我们选条狗。"

郑予安满头问号地抬起脑袋："真有狗？！"

"这里有专门的工作犬基地。"

"……"

"还有马，上山前你能骑几圈。"

山庄老板是个有些年纪的女性，姓沈，晏舒望带着郑予安去见她，喊人"沈姐"。

沈姐个子不高，娇小玲珑的，郑予安看不出她具体年纪，对方笑眯眯地打量了他一会儿，转头对晏舒望说："是个大帅哥呢。"

晏舒望笑了笑，没说话。

沈姐又和郑予安讲话："舒望第一次带朋友来，以前都自己一个人。"

郑予安幽默地接了句："还有条狗。"

沈姐哈哈大笑，她叫了工作人员，过了一会儿真的牵了一条德牧过来。

晏舒望看得出来很喜欢，他叫了一声"豆儿"，那只德牧非常乖巧地跑到他腿边趴着。

郑予安蹲下身，豆儿抬起头，两只眼睛湿漉漉地看着他。

"你怎么不带回去养？"郑予安问。

晏舒望说这是工作犬，正正经经的公务员，平时要上班的，双休陪露营那是休闲放松。

郑予安摸了摸豆儿的脑袋，狗子因为天热，舌头耷拉了一半在嘴外边，它很忠诚，寸步不离地跟着晏舒望。

"等太阳下去点了我们再上山。"晏舒望整理完了行李，他散了头发，看到郑予安在翻包。

"你干什么呢？"他边重新扎着头发边问。

郑予安头也不抬地拿出了一把水果刀，自然而然地道："我削个苹果吃。"

晏舒望的表情又古怪起来。

山上是不能用电的。

郑予安终于明白为什么他带电饭煲没用了，山顶的露营所都是直接租炭炉，要么就是像晏舒望这样，自备燃气罐。

结果挑挑拣拣，郑予安有一半多的东西都不用带，他等于两手空空，牵着豆儿，就能和晏舒望上山了。

两人一前一后往山上爬，路上还碰到同行的几人，基本都是拖儿带女，携猫拉狗。

苏城的山大部分都只能被称为丘陵，并不会很高，山路也不崎岖陡峭，山顶大而平坦。

晏舒望找了处山泉旁的空地扎营，豆儿嘴里叼着搭帐篷的工具来来回回，郑予安觉得自己还没条狗来得有用。

"你坐着就行。"晏舒望敲着帐钉，他上衣脱得只剩下一件背心，山上林荫茂盛，斑驳的叶子阴影落在他裸露在外的肌肉皮肤上。

晏舒望干了一会儿出了汗，把榔头在手里转了个圈后，撩起背心下摆擦了擦脖子上的汗，腹肌也露了出来。

晏舒望带的帐篷是最大号的，后面郑予安帮着撑起了帐篷顶，发现里面空间还真挺大。

"晚上会降温。"

晏舒望拿了两床薄睡袋出来。

"还有驱虫灯。"

郑予安又在纠结个人卫生问题："真没办法洗澡啊？"

晏舒望："你要不凑着用山泉水将就下。"

郑予安想了想，还是没勇气幕天席地地赤身裸体。

除了帐篷，晏舒望还带了两张折叠躺椅，在到傍晚准备吃饭前，他们能先休息会儿。

豆儿受过训练，晏舒望躺在椅子上时，它便安静地趴在旁边，郑予安忍不住拿着花花草草去逗它，狗子也不高冷，亲亲热热地跑过去和郑予安玩了一会儿。

晏舒望突然叫了一声："豆儿。"

狗立马跑了回来。

叫它的人又没什么事儿，摸了摸狗头，继续睡着。

郑予安于是再把狗逗了回去，可没多久，晏舒望又开始喊狗。

豆儿跑来跑去了四五趟，郑予安不干了。

他说："你嫉妒啊。"

晏舒望闭着眼，懒洋洋地问："我嫉妒什么？"

"嫉妒狗喜欢我。"

晏舒望睁开一只眼看他，说："你这么喜欢喊它？"

郑予安噎了噎，说："我总不能老喊你过来吧。"

晏舒望指了指他，说："你喊一声。"

郑予安抱着豆儿，还真叫了他的名字。

晏舒望人没动，于是郑予安又叫了一遍。

"晏舒望。"他有些得意，"你怎么不过来了呀？"

郑予安也不记得自己是什么时候睡着的，等他迷迷糊糊醒过来的时候，晏舒望似乎在和什么人说话，他抱着毯子直起身，看到不远处一对年轻夫妇端着盆新鲜的松茸正与晏舒望聊着天。

郑予安睡得还有些迷惘，眼神愣愣的，年轻妻子先发现他醒了，远远地朝着他微笑点头。

郑予安慢半拍才反应过来，他下意识地整理了下发型，晏舒望已经端着盆子回来了。

"朋友？"郑予安问他。

"以前露营经常碰见，熟了就会互相帮帮忙。"

"那你送他们什么了？"

晏舒望似乎笑了下，说："把你一半的水果给他们了。"

郑予安："……"

晏舒望还有脸抱怨："你带的也太多了，简直像小朋友春游。"

野外做饭要多丰盛自然是没有的，大乱炖这种最合适，吃得饱，味道还不错，郑予安在翻包的时候发现自己还带了火锅底料。

晏舒望彻底服了："你是哆啦A梦啊。"

郑予安觉得自己挺厉害："你还叫我什么都别带，这不带对了嘛。"

这火锅一煮上，四面八方来露营的基本都闻着味儿过来了，结果最后成了一大锅饭，互相认识一圈，郑予安发现还有同行。

"你是晏总的朋友？"之前给松茸的年轻夫妇，丈夫是交行的，妻子是个性格活泼的姑娘，与郑予安聊天时无意间问起。

郑予安点了点头。

姑娘欣喜道："真好啊，我看到你带的电饭煲了，晏总很包容你。"

郑予安看了眼正在与另外几个男人抽烟的晏舒望。

等到人差不多都走光了，晏舒望收拾碗盆时，才突然问了一句："小齐是不是说了什么？"

郑予安不太明白道："怎么了？"

晏舒望看着他："你不承认也没事。"

郑予安缓缓皱起眉："你在说什么呢？"

晏舒望举了举双手，他似乎有些无奈，做出了一副"投降"的姿势，叹气道："我不是要找你碴儿，别生气。"

郑予安谈不上生气或是不生气，他只觉得很无语。

晏舒望在收拾完时，郑予安已经躺下了，他没睡着，一心盯着帐篷外面的风景。

山里的夜空晴朗无云，月和星都是干干净净的，郑予安只觉头顶的星云密实得扎眼，他看了一会儿，听到晏舒望轻轻喊了他一声。

晏舒望的语气像是拿他没什么办法："我怎么以前没发现你这么小气？"

郑予安转过身，他板着脸，与晏舒望四目相对，问："我哪里小气了？"

晏舒望张了张嘴，还没说话，就被郑予安打断了。

"你以前还让我补过破钞票。"郑予安说，"你也没多大方。"

晏舒望："……"

郑予安又得意起来："我都记着呢。"

晏舒望去看外头的星星，他有种被拆穿了的尴尬，但又忍不住想证明些什么："还有呢？"

郑予安说："我还知道你坐在哪个位置。"

此刻晏舒望眼中满是细碎的星子，落在了清凌凌的山泉水里。

他最后说："大家都明白，最美的花是开在枝头的，有人总会忍不住把它摘下来，但我不会成为那样的人。"

郑予安不记得自己在哪儿看过这么一句话，说有的人之所以灿烂夺目，也许并不在于他的外表，更是在于其缄默下的热望。

晏舒望自始至终给人的感觉都是平静的，明明外表是个浓烈的人，但就像装在万花筒里的碎玻璃纸，细小、零碎，藏在了深处。

豆儿很安静地趴在帐篷门口，山中星月清晰得动人，郑予安没什么睡意。

"晏舒望，你不要把我想得那么糟糕。"郑予安轻轻地说。

晏舒望看了他很久，他说："我知道。"

晏舒望又摇了摇头，他说："你不明白一件事。

"我对你的欣赏，是我单方面的，不论你什么样，我想和你做朋友。你答应也好，拒绝也罢，就算你无法回应我，这份欣赏都是存在的。"

晏舒望看着他，郑予安沉默了半晌，说："你还是不相信。"

晏舒望叹了口气，他有些无奈："我没有不相信。"

郑予安张了张嘴，晏舒望伸出食指，轻轻地"嘘"了一声。

"我交心的朋友不多，"晏舒望说，"我是希望能和你处成交心的朋友，但每个人都有自己的想法，你要是只想把我当成客户，也没关系。"

郑予安很想骂他老奸巨猾，好的坏的都被他说完了。

露营回来后，晏舒望难得没有再主动联系郑予安。

郑予安很沉得住气，只是午休抽烟的时候容易走神，被秦汉关说了好几次。

"你到底咋回事？"秦行长开门见山地问。

郑予安瞟他一眼，没好气道："没事。"

秦汉关并不给他面子："别装。"

郑予安："……"

秦汉关盯着他脸看了几秒："你就是有事，但这次好像不太一样。"

郑予安抽了口烟，他沉默了一会儿，问："哪里不一样？"

秦汉关想了想，说："有点像你谈下来的大单子突然被同行截和了的感觉。"

郑予安咬牙道："你闭嘴行吧？"

一直到周五，郑予安都没有收到晏舒望的信息。

刷了一圈朋友圈，他看到晏舒望发的朋友圈里。

他的最后一条动态是露营当天的照片，看似晏舒望拍的是星空，左下角的一团黑影其实是郑予安抱着豆儿。

郑予安熬到了周六早上，在家政来之前，周春桃女士又先斩后奏了。

"上星期去哪儿玩了？"身为母亲，周春桃女士偶尔还是会查下岗。

郑予安端过她手里的汤，随口道："就和朋友出去走了走。"

"哪个朋友呀？"

郑予安笑了下："你问这个做什么？"

"我这是关心下儿子的个人生活。"

周春桃自顾自地道："怎么不行啊。"

"行，怎么不行。"郑予安拿着勺子撇开些汤面上的鸡油，他看着自己母亲，也决定"礼尚往来"地"关心"一下她的个人生活，"你当年怎么决定嫁给老爸的？"

周春桃正拿着手机准备自拍，她闻言愣了两三秒，笑了笑。

周春桃开了美颜相机，左右拗着造型，似乎回忆了一会儿，才说："喜欢呗。"

"喜欢就能结婚了？"

"要不然呢？"周春桃理所应当地道，"过日子嘛，不找喜欢的人过，找谁过？找条狗啊？"

郑予安："……"

晚上的时候，林念祥突然在微信上发了张邀请函给郑予安。

后者点开看了遍内容，发现是一场艺术展。

郑予安与林念祥关系不错，就算现在没看展的心情，也不会拂了对方的面子："看上去挺有意思的，明天一块儿去？"

林念祥："我还叫了小殊。"

郑予安愣了下，他知道李殊和林念祥有些焦不离孟，孟不离焦的味道，但对方特意这么强调，郑予安自然会想到晏舒望去不去。

可林念祥不提，郑予安也没好意思问，第二天只当什么都不知道地去赴了约。

晏舒望似乎真的没有来。

郑予安在逛了大半圈之后，才不得不接受这个现实，他有些意兴阑珊，以至于林念祥在跟他讲话时都发现了他难得的心不在焉。

林念祥止了话题，似笑非笑地看着他，问："你和 Colin 吵架了吗？"

郑予安回过神来，尴尬地道："没有……"

林念祥宽慰道："Colin 虽然待人处事看着温和，骨子里其实是有些执拗的，你不要与他置气。"

郑予安哭笑不得："我真没有。"他说着，目光拐了个弯，落到了一个展台上，林念祥跟着看过去，"呀"了一声。

他笑起来，说："是彩虹琥珀。"

林念祥突然问他："你要不要看看？"

郑予安惊讶道："能拿出来看？"

林念祥神神秘秘道："一般人当然不行。"他指了指珠子旁边的介绍板，"这是晏舒望的私藏。"

　　会展的策划大概被特意交代过，等林念祥走了后，准备把玻璃保险柜打开，不过郑予安却拒绝了。

　　他盯着珠子旁边的介绍看了一会儿，摸出手机，拨通了晏舒望的电话。

　　那边没响几声就接了起来。

　　郑予安说了声"嗨"，他问："你在哪儿？"

　　晏舒望似乎笑了下，他说："你看完展了？"

　　"还没，在看你的珠子。"

　　他说得太过坦率，晏舒望反倒不知道该怎么答。

　　郑予安笑了笑，他又问了一遍："你在哪儿？"

　　晏舒望不知道说了些什么，郑予安举着手机，他四顾张望了一圈，朝着展会门口走去。

　　他说："你不要动。

　　"我来找你。"

（正文完）

彩虹琥珀

前面就有说过，在银行，只要你是高净值客户，别说工作上的那些服务了，就是为客户打扫卫生、带孩子、买菜做饭，银行员工也能为大客户们安排妥当。

而作为银行最大的客户之一，两家最近又有动作准备合作开发一个新的旅游金融 APP（应用），郑予安干脆搬到晏舒望那儿去，方便自己通宵加班为晏总卖命。

郑予安腕子上的彩虹琥珀没过几天就被秦汉关看到了。

秦汉关不知来历，多嘴问了句："怎么想到玩串串了？"

郑予安淡淡地道："朋友送的。"

他的腕骨很好看，长珠子叠了两串，衬得他皮肤很白，说是彩虹琥珀，其实珠子的颜色渐变并不夸张，每颗珠子由深到浅，都差不多是在一个色系里变化，秦汉关多看了几眼，边抽烟边道："你这朋友品位不错啊。"

郑予安笑了笑，没说话。

秦汉关继续道："寓意好。"

郑予安问："什么寓意？"

"琥珀嘛，什么年份的都有，颜色跟着年份变化，能集齐这么多做成串子不容易。"

"每个琥珀都是一段历史，你这一串，承载着地球上的几万年。"

林念祥给晏舒望发消息不用担心像李殊一样被拉黑，主要是他说话不烦人。

"你把彩虹琥珀送人了？"

晏舒望不咸不淡地"嗯"了一声。

林念祥笑起来："我看郑予安已经戴上了。"

晏舒望说："我知道。"

林念祥便不再多说别的，只讲之后聚会的时候记得要喊他。

郑予安的东西不算多，但陆陆续续也搬了两天，日常用品什么都还摆在晏舒望空着的次卧里，星期一上班的时候郑予安还分心想了一两件。

秦汉关在午休结束后去了他办公室，说等下 WE GO 要来人。

郑予安下意识地掏出烟盒，闻言动作顿了顿："怎么了，贷款有问题？"

"谁知道。"秦汉关无所谓,"章晋神神秘秘的,就说他们要来一趟,我们反正招待着呗。"

郑予安若有所思地点上烟,他昨天见过晏舒望,在晏舒望家里。

当时也是下午,阳光不错,郑予安盘腿坐在地上叠他那一套同系列的汗衫,天热开了空调,机风冷飕飕地吹在他背上。

也不知道叠了多少件,郑予安突然抬头,便看到了靠在门边上的晏舒望。

"你来帮忙?"郑予安故意举着衣服问他。

晏舒望没说话,他放下胳膊,不疾不徐地走到郑予安的跟前。

"来看看。"他这么说道。

秦汉关说 WE GO 的人下午过来,郑予安干活的速度明显加快了一些。

陈莉小跑着往他办公室递合同,回头问他:"这么多都签完?"

"今天该签多少?"

陈莉数了数,说:"差不多了。"

郑予安点点头,他看了眼墙上挂的钟,犹豫了一下站起身。

陈莉的脑袋顺着他动作慢慢抬起。

郑予安淡淡地道:"我去趟行长办公室。"

陈莉"哦哦"了两声,等郑予安走了又觉得有些奇怪。

秦汉关办公室在顶楼那层，郑予安进电梯的时候便看到他秘书正好也在里面。

对方看到他一点头，笑得很嫣然。

"郑总。"郭珍的年纪和郑予安差不多，她长得非常明艳，业务能力强，商业银行里不缺各式各样的美女，特别是干起活来比男人还厉害的。

郑予安笑着点了点头，说："郭秘书。"

"秦总正陪着 WE GO 来的人，你现在去找他，怕人不在。"

郑予安有些惊讶："已经来了？"

郭珍点头："来了有一会儿了，说要参观参观，秦总就带他们去转一下。"

郑予安有点囧，心想有什么好转的？

郭珍察言观色的本事厉害，她看了几眼郑予安，笑道："我听说 WE GO 的财务总监是郑总的朋友？"

郑予安点头："是很熟。"

郭珍笑起来，再想说什么的时候，电梯门又打开了，郑予安看了眼上头数字，发现才动了两层，外面站着三个人，章晋看到他先叫了一声："小郑啊！"

秦汉关乐了，走进来时还在说："刚想带他们去找你呢，怎么自己上来了？"

　　郑予安笑着没说话，他往里让了让，目光一抬，晏舒望便走了进来。

　　他今天出门的时候穿的衬衫和裤子还是郑予安挑的，晏舒望的审美好，也很精致，他的衣帽间非常大，各种当季服饰，流行的、复古的，从鞋子到搭配的帽子，应有尽有，夸张点说像个走秀后台。

　　郑予安最后给他挑了一身白，其实这搭配若是放在别人身上可能会不合适，但只要晏舒望一穿就莫名其妙地活了。

　　郭珍不是第一次见晏舒望，但每次眼珠子都不自觉地黏上去，忍不住感慨这老天爷太不公平。

　　晏舒望进来后看到郑予安，他站到最里面，和郑予安并排着。

　　郑予安情绪平稳地打招呼："晏总。"

　　晏舒望抿着唇，过了一会儿，才低声问了句："不忙吗？"

　　郑予安看他一眼，似乎忍着笑，说："忙也要来看看我们的大客户。"

　　这话在旁人听来，觉得领导们关系挺好，互相挺客气的。

　　秦汉关这种大大咧咧的更是开玩笑道："还是晏总面子大，您要不来，圆圆从不上我那儿去。"

　　晏舒望对他就很冷冷淡淡，敷衍道："是吗？"

　　秦汉关又叽里呱啦一顿说，郑予安最后没忍住，提醒他等下桌上有合同要签。

"签就签嘛。"秦汉关问，"这么急的？"

郑予安面无表情地说瞎话："挺急的。"

秦汉关为难道："我这还不是要招待大客户啊。"

郑予安还没说话，一旁的晏舒望突然道："有郑予安就够了，你去忙吧。"

秦汉关："啊？"

郑予安是他的手下吧，这晏舒望怎么差使得这么顺呢？！

秦汉关被迫去努力工作签合同了，临走时还细细交代了一番，郑予安低眉顺目地听着。

虽然走了个秦汉关，但章晋还在，最后三个人一块儿做视察。

幸好章晋没秦汉关那么烦人。

他不知道吃什么闹了肚子，急着上厕所，剩下自己和晏舒望两个人，找了间一楼的休息室等人。

晏舒望安静地坐在郑予安旁边，郑予安掏出烟盒问道："要抽吗？"

晏舒望："不了。"

郑予安含了根烟在嘴里，也不点着，他指了指头顶，突然转移话题道："这房里有个监视器，你能找到吗？"

晏舒望还真抬头扫了一圈，问："在哪儿？"

郑予安憋不住笑，没说话。

他忍不住想，工作中和私下里的晏舒望真的是两个人。

他在私下有时候不太讲道理，也更蛮横了一些，但此刻坐在休息室里的晏舒望高冷到甚至没什么"人气"。

"去小郑总办公室坐坐？"章晋解决完了个人卫生问题回来问。

郑予安咳了一声，故意道："晏总的意思呢？"

晏舒望笑了下，说："我随意，有口茶喝就行。"

于是三人又到了郑予安的办公室，陈莉想进来泡茶，被郑予安婉拒了："大老爷们都抽烟，味道难闻，别进来受罪。"

陈莉抿着唇笑，说："领导你还真体贴人。"

章晋已经开始吞云吐雾了，晏舒望没抽烟，他跟着郑予安进了茶水间，郑予安蹲下身从柜子里拿茶叶，而晏舒望开始烧水。

等郑予安端着茶盘出来的时候，晏舒望指了指章晋："自己倒。"

章晋嬉皮笑脸的："难得喝小郑总的茶，领导你也太小气了。"

郑予安面色不改，顺便还给章晋倒了茶水。

晏舒望坐下的时候，章晋还问了嘴抽不抽烟。

晏舒望看了一眼郑予安，摇头道："不抽。"

章晋开玩笑道："领导这是准备戒烟啊。"

晏舒望居然没否认，他给自己倒了杯茶，姿态还挺养生。

三个人聊了些公司账面的事，WE GO 近两年要上市，得改个汉字名，章晋说起这事儿倒是不急："我们另外一个名字早就投入使用了，市场也很熟悉，再说养了那么多营销RP（大区经理），又不是吃干饭的。"

郑予安问晏舒望："另一个名字是什么？"

晏舒望喝了口茶，淡淡地道："我们走。"

郑予安："……"

章晋自吹自擂道："大俗大雅，朗朗上口，好名字啊！"

总有那么
点小事

自从为了旅游金融 APP 的合作事宜搬到晏舒望那儿之后，郑予安就退掉了家政服务，他考虑把自己那边的房子租出去，房贷由公积金摊还，这样还能有一份额外收入。

虽然与晏舒望同住一栋房子，关系没清楚到 AA（各人平均分担所需费用）的程度，但郑予安还是有承担一半费用的觉悟的。

晏舒望对此都无所谓。

之后第二个周末，郑予安终于见到了晏舒望的家政阿姨。

他没想到对方请了三个。

"一个做饭，一个打扫卫生，一个整理衣帽间。"晏舒望态度很自然，"孙阿姨知道你的口味，晚上想吃什么直接和她讲就好。"

三位阿姨都跟见过大场面似的，对雇主家里突然多出一个人完全没表现出异样，郑予安第一次见到还有专门负责整理收纳的阿姨，不过后来想了想晏舒望那走秀后台一样的衣帽间，觉得有人帮忙似乎很有必要。

晏舒望平时就没随手放好东西的这种习惯，但他也不会乱脱，基本换衣服都在固定的地方，只是一个礼拜堆下来，数量也很可观。

郑予安的行头大概只有晏舒望的一半不到，收纳阿姨问清了一些细节后便重新帮他分门别类、整理干净。

"这是怕穿错了？"郑予安看了一圈，忍不住笑起来。

晏舒望挺不给他脸的："那不太可能，我比你高。"

郑予安觉得都这么大年纪了，争论这种话题也太幼稚了点。

郑予安与晏舒望不同，银行里，他这个级别的员工还属于工薪阶层，每月拿死工资，季度有绩效奖，年底有年终奖，交五险一金，报销油费，年假放五天。

郑予安虽说没有算账的习惯，但毕竟是做银行的，财务这块心里一直有数，负债、储蓄、理财三大类都掌握熟练，外加股票、基金、债券，总体来讲他算不上斤斤计较，但日子过得也相当的精打细算。

晏舒望在这部分评价得相当不客气："做银行的都太保守。"

在一家快要上市的公司的 CFO 面前，郑予安的确觉得自己作为朋友有些吃亏。

不过他还是挣扎了一下："我这是给你当经济基础。"

晏舒望非常轻描淡写："那以后你给我们公司管账？"

郑予安可没觉得自己手长到能管晏舒望公司的钱，再说了，晏舒望公司的钱可不是什么小数目。晏舒望大概每天都有人会问他："晏总啊，最近在看什么项目？"郑予安也问了。

"有是有。"晏舒望没否认，"但他们和你不一样。"

"有什么不一样啊，都冲着你钱来的，WE GO 要不是这么大体量，我们银行也不会求合作求得这么积极。"

"我说的是你，又不是你银行。"顿了顿，晏舒望又笑了下，也不知是开玩笑，还是认真的，"我的钱就放那儿，你需要用就用。"

晏舒望在准备过三十岁生日前，考虑过一下个人问题。

起因是在一次投资会上，有合作方想把自己的女儿介绍给他，这事儿当时他身边的好几个人都知道，回头来看他笑话的也不少，搞得薛琛没办法，只能帮他去应酬一些"高龄层"的局。

就连林念祥这帮损友美其名曰陪他过生日，结果到场都是问他什么时候"脱单"的。

"你这人连个暧昧的对象都没有。"林念祥笑，"对不起你这模样啊。"

晏舒望看了他一眼，脸色平静："WE GO 这三年发展，别说暧昧对象了，我连吃饭的时候都在算账。"

林念祥哈哈笑出声来，他们一伙人不少都和晏舒望是校友，哪怕在学校里，晏舒望的脸都是出了名的，再加上他特立独行，追求者们人人都拿着爱的号码牌等晏舒望这位限量款的垂青。

　　线上旅游行业的发展脱离不了这几年网络的飞速进步，晏舒望对商机的嗅觉灵敏，胆子也大，和薛琛从小作坊搞起来时，租两个工作室，五十个小姑娘埋头打电话给客户订酒店和飞机票，晏舒望最早负责财务这块，当时也没什么CFO这种时髦的称谓，办公室太小，他都没有独立的工位，和打电话的小姑娘挤在隔间里上下班。

　　林念祥见过那幅光景，周围铃声、话语声嘈杂零乱，晏舒望就像一片寂静地，他对着面前的电脑规划公司未来的财政方向，绝色的脸拢着蓝莹莹的光，神圣到没人敢上前打搅他。

　　"你的前对象都要步入老年了。"李殊把晏舒望三十岁的蛋糕给切了，分给几个人，他人不坏，说话却很讨嫌，"之前去酒吧，有多少人向我打听你微信号，真就不考虑下？"

　　晏舒望一手支着头，语气不置可否："我不是随便的人。"

　　李殊噎了噎，骂了他一句"迂腐"。

　　林念祥又问："最近工作还是很忙？"

　　晏舒望："那倒不是。"

　　李殊道："都是成年人了，你不用自我约束这么高。"

晏舒望似乎不想与他说话，他面前摆着蛋糕，用巧克力拼了"30"的数字，林念祥叹了口气，说你这脾气怎么跟李殊当朋友的。

"成年人的世界又不是非黑即白的。"晏舒望淡淡地道，"他管不住自己不代表我也管不住。"

林念祥道："那你有什么打算？"

晏舒望沉默了一会儿，他露出些微若有所思的表情，拿了把勺子，轻轻挖开了蛋糕上"30"的巧克力。

周末生日过完，周一罗燕就要去银行走账，她大早上进了晏舒望的办公室，准备等领导签字。

晏舒望正在打电话，看到她进来，捂着话筒，露出了一个询问的眼神。

罗燕指了指单子，做了个"签字"的口型。

晏舒望点了点头，他又在电话里说了几句，从内口袋里掏出笔来。

签完几张，他挂了电话。

"去哪边？"晏舒望问。

"还是园区 JS 支行，今天小郑在柜台，已经和他说过了。"

晏舒望签字的手顿了下，他问道："郑予安？"

罗燕的表情有些惊讶："您记得啊？"

晏舒望想了下，说："他点钱很快。"

"那都多久之前的事了，我们之后去的几次都是他做的票，您还有印象吗？"

晏舒望露出了点笑意来，他觑了属下一眼，说："你倒是记得很牢。"

罗燕也不否认："长得多俊啊，脾气好，嘴又甜，讨人喜欢得很。"

晏舒望没再接话，他签完了单子，又站起来拿西装，说："我和你一起去。"

罗燕点了点头，领导不是第一次陪着去银行，对她来说没啥差别，如今 WE GO 就算已经颇具规模了，像晏舒望这种身份的也没请司机，都是自己开车风里来雨里去。

两人到了 JS 银行的大堂，便有经理陪着填业务单子，他们去的是对公柜台，人不算多，但也稍稍等了一会儿。

晏舒望没直接去窗口，他坐在等候位子的第二排，不远不近地看着罗燕走到玻璃房前面，里头的人站起身，微笑着点头招呼，伸出手比了个"请"的姿势。

"好久不见了，燕姐。"郑予安的声音像非常清冽的水，流过人耳膜的时候有些轻柔的鼓胀感，"最近忙吗？"他似普通朋友一般地问候。

晏舒望听到罗燕回答"还行"，郑予安于是抬头笑了下，又迅速低头去弄票据，眼角微微弯折，像两道月牙。

"他好像剪头发了。"晏舒望看着郑予安的头顶，他有些不太确定地想着。

晏舒望不算保守，但也没开放到哪里去。

他无疑是非常受欢迎的，温柔体贴，基本上身边想跟他拉近关系的人可谓是前仆后继。

但他从不乱来，正正经经交往，这当中不乏讨他喜欢的，但又似乎总差那么一点什么。

薛琛是他学长，先一年就开始搞创业，等晏舒望毕业了就正好拉他一块儿干，刚开始在京市和沪市都积累了一些人脉，最后公司定址在了苏城，还享受到了一波当地政府的优惠政策。

"得找银行办工资卡了。"在公司规模差不多到了一个小写字楼快坐不下的时候，薛琛和晏舒望提了这事儿。

晏舒望从面前的机子前抬起头，他在结算上个月的绩效，还要画柱状图，分析金融走势，考虑怎么把投资商的钱"弄"到自己这边的口袋里来。

他们迄今为止都还在给客服发现金，其他保险和税都是走的公司总账面，员工也就多了张医保卡和公积金卡。

薛琛其实想得挺好，他们现在算初具规模，但对银行来说，体量只能算个中间值的小作坊，所以大银行肯定是不考虑的，商业银行会接政府扶持这一块，多找几个碰碰运气，说不定能遇上伯乐。

"让章晋去。"薛琛大概怕晏舒望脸皮薄，"你可是 CFO，得有点架子。"

晏舒望重新把头低下去，过了一会儿才淡淡地道："他没那权限代表公司签合同。"

薛琛眨了眨眼，明白过来："你已经想好哪个银行了？"

晏舒望心里是有考量的，他们近期准备搬到园区去，政府对他们这类新兴线上的 B2B（企业与企业之间通过专用网络或 Internet，进行一系列活动的商业模式）企业非常支持，园区除了四大行，第五行的位置经常换人，WE GO 能考虑的对象还很多，用不着这么急迫。

章晋和罗燕都是一开始就来公司的老人了，晏舒望一般带一个出去，另一个就留在公司管账，上午见了几家商业银行后，章晋也有些疲了，这些银行太会打官腔了，说话弯弯绕绕的，也不知是看得上还是看不上。

晏舒望全程没什么表情，他不爱谈些虚无缥缈的东西，坐在后座翻单子的时候，抬头看了一眼开车的章晋。

"去 JS 银行吧。"他说，"近一点。"

章晋乐呵呵地说："JS 银行听说美女最多。"

晏舒望不置可否："开卡又不是谈恋爱，要美女干吗？"

"养眼哪……"他这话后半句不敢说，毕竟家里领导最养眼，说了感觉太像拍马屁。

公司业务不用在大堂办，但章晋显然被 JS 银行美女最多这事儿给洗脑了，假公济私地借着由头要去人家前门看一看。

晏舒望在工作之外不算特别不好说话的领导，反正工作日银行大厅人也不多，他找了个休息区的座位待着，冷眼旁观章晋装模作样地找借口办业务。

领着章晋去填单子的小姑娘人美声甜，还特别热情，她陪着客户在等候区叫号，直到玻璃房里头有人站起身，做了个举手的姿势。

晏舒望正好坐在对面的位子上。

章晋走了过去。

他在窗口前面坐下，对方抬起脸，日光像道剪影一样滑过去，那人露出了一个笑容，说："您好，章先生，请问您办什么业务？"

章晋起身回来的时候，晏舒望还在原位。

里面的柜员已经叫了下一个号，仍旧是一样的动作，起立、举手、

彩虹琥珀

坐下、微笑。

章晋拿着单子啧啧了两声："服务态度真好。"

晏舒望的目光收回来，看了他一眼。

章晋把单子递给他："那小伙子说了，三楼办公司卡业务，他还打了个电话，说等下有人下楼来接待我们。"

晏舒望没说话，他把单子翻到最后一页，看到了上面的员工名章。

"郑予安？"他问了句。

"他叫这名字啊？我都没注意。"

晏舒望没说话，过了一会儿，楼上果然有客户经理下来接人，大概是先入为主的印象太好，章晋总觉得对方的态度热情又靠谱，晏舒望问了几个核心问题后就没再发表什么意见，倒是章晋和对方恨不得立马称兄道弟。

"材料审核用不了多少时间。"对方显然已经默认这单是成了，很有底气地道，"贵公司等我们消息就行。"

章晋一拍大腿，激动地道："我就觉得还是 JS 银行最合适，你们底下那些员工都跟别的银行不一样，那柜台里的小伙子，那态度，那模样，叫……叫……"

"郑予安。"晏舒望突然在旁边接上了话，章晋愣了愣。

晏舒望很随意地坐着，他以手支颐，露出了些笑意："他叫郑

194

予安。"

他又像是随口一般地问:"新来的吗?"

"来了挺久了。"客户经理笑道,似乎对郑予安还挺了解,"刚毕业就来的,待了也有三年,之前做对私柜台,最近去做对公了。"

晏舒望点点头,别的也没多问。

章晋倒是多了一嘴:"单身还是结婚了?"

客户经理:"才二十五吧,这年龄结婚太早了,不过好像有女朋友,之前见过几次。"顿了顿,他又补了一句,"郎才女貌呢。"

章晋忍不住道:"就这小伙子长相,才貌双全啊。"

毕竟是来谈工作的,除了关于郑予安的那么几句,剩下的也就没多讨论旁的事情。

从银行里出来已经是打卡下班的时候了,客户经理明显想留两人吃饭,不过被婉拒了,晏舒望站在银行大厅门口,等章晋把车子开出来。

陆陆续续有银行的员工从卷帘门里出来,晏舒望随意看了几眼,便注意到了郑予安。

他正在抽烟。

柜员是不能在上班的时候抽烟的,郑予安似乎有些烟瘾,卷帘门拉了一半,他边弯腰出去边给自己点了根烟,保安喊了一声郑师

彩虹琥珀

傅，郑予安笑着"欸"了一声，嘴里叼着烟，动作自然地折过身帮

他拉下另外半边的卷帘门，保安问他忙不忙，郑予安含糊说了句还

好，抽烟的样子显得很放松。

晏舒望看着他掏出烟来递给保安。

保安难得抽到不错的烟，显然很高兴，郑予安还亲自帮他把火

点上，半点没有架子，与他聊了几句。

"最近老人多，好多旧钞票嘞。"保安抱怨，银行规模不大，大

厅里的保安偶尔也会帮着接客户递单子，来办业务的老人抓着人就

问，保安有时候也嫌麻烦。

郑予安笑了笑："老人家嘛，念旧。"

保安叹了口气："郑师傅脾气太好啦。"

郑予安夹着烟，笑着没说话。

保安又问："等女朋友？"

郑予安没否认，他声音很好听，音调不高，却又清澈得像水，

潺潺的："嗯，她等会儿过来。"

保安开玩笑："感情好得嘞。"

郑予安似乎有些无奈，又给他递了根烟，用苏城话说道："不要

寻我开心啊。"

章晋是过了一阵子才发现晏舒望换了新烟。

他的顶头上司之前抽的烟牌子很杂，合作方也经常送烟酒，晏舒望常常换着口味抽，没什么特别固定的喜好。

"怎么想到抽这牌子了？"薛琛也注意到了，随口问了句。

晏舒望说："试试味道。"

薛琛自己拿了一根，抽了几口，嘴里过了味儿，笑道："有点淡。"

晏舒望神色不冷不热地盯了他几眼，把烟盒塞进了口袋里。薛琛来找他还是提银行的事儿，说 JS 银行来电话了，想把合同给他们看看。

"诚意挺足的。"薛琛说，他挺急的，想尽早把这事儿给解决了，语气有点催促，"就定他们了？"

晏舒望低头过目着合同，上头除了行长领导加签外，底下还有好几道普通员工的签名，郑予安的签名正好在那天客户经理盖章的底下，他是经办人之一。

晏舒望半天没回话，薛琛以为他有什么意见，探头问道："怎么了？有问题？"

晏舒望挡着他视线盖上了合同，淡淡地道："没什么问题。"他顿了顿，像是有些不耐烦，赶他走，"你快把字签了。"

薛琛："啊？"

在确定与 JS 银行合作后，晏舒望倒是有一阵子没再去过人家行里，不过抽烟的牌子倒是固定了下来。

章晋见过几次他桌上的烟盒，见多了，有一次随口提了句："你这口味倒和 JS 银行的小帅哥一样。"

晏舒望看了他一眼，不经意地问道："你去办业务了？"

"这都好几次了嘛，入账走单子，都他做的。"

晏舒望没说话，他管的事儿太多，还没闲到会计的事情都由他亲力亲为地去做，偶尔罗燕和章晋去行里跑业务，他心里知道，但也不会刻意去问。

后来有几次，换了罗燕去入账，她没开车，本想随便喊个人送，却被晏舒望叫住了。

"您去也太麻烦了。"罗燕将他当成老板，不像章晋那么没大没小，"我自己叫辆车就行。"

晏舒望已经拿了车钥匙，他淡淡地道："不麻烦。"

罗燕本来是不愿意麻烦领导的，但和领导一块儿去也没什么损失，便就随意了。

晏舒望送她去银行大堂，又被大堂经理带到了二楼，郑予安现在在做对公柜台，等排到罗燕的时候他显然认出了她。

"燕姐。"郑予安接过单子手脚麻利地在电脑上过审核，他大概是低头干活太久了，抬头瞟人一眼的时间都很贵重，"您好像剪头发了？"

　　罗燕没想到他能这么细心看出来，很是受宠若惊地摸了摸发尾，说："就剪了一点，好看吗？"

　　郑予安笑道："当然好看。"

　　能被年轻英俊的异性夸赞，对任何人来说都是一件令人心情愉悦的事情，罗燕自然也不能免俗，她与郑予安有一搭没一搭聊着话，晏舒望坐得不远，听得倒是很清楚。

　　郑予安的动作很快，虽说眼睛盯着电脑，说的话却不敷衍："剪得短些显得人精神。"

　　罗燕笑起来，故意问他："那你喜欢短头发还是长头发？"

　　郑予安无奈地道："我都喜欢，看人。"

　　周围听他闲话的人不少，郑予安自己却忙得脚不沾地，他把过完审盖完章的回执交还给罗燕，又顺着说了一遍"规范话"，下一个客户已经在后头等了，罗燕不敢再耽搁他办事，忙站起身来让位子。

　　晏舒望坐在原地没有动，等罗燕走过来，才不带什么情绪地问了句："结束了？"

　　"结束了。"罗燕不太好意思，"让您久等了。"

　　晏舒望摆摆手表示不在意，他似乎没站起来的意思，仍旧坐在那儿。

　　罗燕忍不住问："还有什么事吗？"

　　晏舒望没说话，过了一会儿，他才淡淡地道："没什么。"

第二天，章晋像遇到了什么好事，大早上欢天喜地跑来晏舒望办公室。

"小郑被调回来了，听说还升职啦。"如今 WE GO 正式搬到了园区，在创业园租了两幢最大的写字楼，章晋的烟换成了更贵的牌子，他在晏舒望的面前掏出烟盒，目光一瞟，看到了对方桌上的烟盒子。

晏舒望抽的口味，这么多年来都没再变过。

晏舒望道："你说谁？"

"郑予安啊，两年前被调到了银监去，你不还问过？"

晏舒望一时没作声，他有些反应不及，最后才心不在焉地问了句："是吗？"

"最近才联系上的。"章晋只单纯觉得这是件好事，他们和 JS 银行合作多年了，之前虽然换了对接的人，但前前后后还是与郑予安相处的时间最久最合，"他又回了园区支行这边，坐了部门主管的位置。"

章晋想了想，又添了句："好像还跟他女朋友分手了。"

晏舒望一边听着，一边拿了桌上的烟盒，他敲了根烟出来，叼在嘴里，却没点上，过了一会儿，又站起身，章晋的目光随着他动作，看着晏舒望摸了摸口袋，以为他要打火机。

"不用。"晏舒望把烟从嘴里取下来，他的手里还拿着烟盒，突然问章晋，"你要抽吗？"

章晋有些莫名其妙，他抬了抬手，两指夹着烟，已经燃了一半了。

晏舒望沉默了一会儿，只好说："我去找下薛琛。"

章晋不明白，但还是老实问道："怎么了？"

"最近要跟银行谈企业贷款。"

"啊？"章晋很惊讶，"已经看了几家银行了，数目大，四大行什么都挺有兴趣的。"

晏舒望张了张嘴，他问："JS 银行呢？"

章晋老实说："虽然合作久了，但他们银行规模不大，利率差不多的情况下，没什么优势。"

"做生意得有良心。"晏舒望突然开始讲道理，"我们不发达的时候人家不嫌弃我们，现在这规模了，也不能随随便便就看不上人家。"

章晋一头雾水。

"联系下吧。"晏舒望也不说联系谁，"到时候多看看。"

章晋："……"

"剪下头发吧。"

在很久以后，谈到第二年企业贷款利率的时候，郑予安突然对着晏舒望道。

他们俩当时正一块儿坐在客厅沙发上，前面正好聊到第一笔 3

亿的贷款，郑予安突然没头没脑地来了这么一句。

晏舒望正认真地说着话，被这么一打断，就卡了壳。

他没什么表情地抬头，目光却有波澜似的，对上了郑予安的眼。

郑予安笑起来："怎么突然想把头发留长？"

晏舒望看了他一会儿，瞥开目光，道："干吗突然问这个？"

郑予安起身去拿剪刀，笑了笑说："随便聊聊。我以前不觉得男人留长发好看，但说实话，很适合你。"

晏舒望就不说话了。

"你怎么了？"郑予安回来后问。

晏舒望垂眼看着他。

"就修一下啊。"郑予安冲他笑了笑，道，"剪多了怕给你剪'残'了。"

彩虹花

差不多半年后，郑予安行里迎来了银监的检查大月。

晏舒望除了企业贷款方面，不太懂银行的其他业务，所以那几天晚上回来几乎看不到人时，他才意识到郑予安有多忙。

郑予安是真的很忙，忙到甚至没时间给晏舒望打电话说不回来吃饭的程度，等他想起来，晏舒望人已经在来的路上了。

"你这是送饭来了？"郑予安在休息室给自己泡茶，他最近工作量太大，整个人都变得养生起来，烟也抽得少了，而且尽量不喝咖啡。

晏舒望说我这是慰问。

郑予安笑了起来。

负责烧菜的阿姨手艺很好，自从郑予安住到晏舒望家里去后每天都会为两位准备晚餐，要说这两人的饮食习惯有哪些地方不同，大概就是晏舒望口味偏咸，郑予安则嗜甜。

陈莉已经非常习惯晏舒望偶尔的登门拜访，虽然在她看来，自己领导和对方的关系过于好了点，连晚饭都能亲自送来，这大概就是男人间真正的友谊吧。

"我点了些消夜。"晏舒望进郑予安办公室前突然说了一句，"大家分一分。"

陈莉受宠若惊："真的呀？太麻烦晏老板了。"

郑予安在里头自然是听见了，他见到晏舒望进来，忍不住开玩笑："你还真大方。"

晏舒望没说话，他提着保温盒，将菜和饭一样样拿出来，问："摆哪儿？"

郑予安把办公桌上材料堆旁边去，招了招手："摆这儿来吧。"

晏舒望便靠了过去。

郑予安坐了半边桌子，把另外半边让给他。晏舒望觉得地方有些小。

"什么时候检查结束？"等郑予安差不多吃完了，晏舒望才问他。

郑予安叹了口气："得一个多月呢，这次银监领导来了。"

晏舒望看似抱怨，说了句："你要服务的人还真多。"

他们倒是不忌讳互相之间谈工作上的事情，像晏舒望这样的职业身份，两人共同话题其实非常多，好处就是银行一旦有什么动向，WE GO 这样的"关系企业"总能最先得到消息。

"银监领导难不难缠？"晏舒望等郑予安吃好了饭，才又突然问了一句。

"还没见呢。"郑予安说完，好笑地看着对方，"不用担心。"

晏舒望镇定道："我就问问。"

郑予安说："只知道对方是男的，比你岁数还大，姓沈，这几天没见着，明天才来。"顿了顿，郑予安又像半打趣似的，安慰他道，"一般这年纪的都是啤酒肚，脑袋还秃。"

郑予安一直觉得，能在三十五岁以后还保持得住身材的男性，除晏舒望这种有先天优势的外，大多都凤毛麟角。

哪怕像他这样，过了三十岁，一天吃几碗饭都得仔细斟酌下，现在他健身也比过去勤快不少，就怕突然一对比，输得惨烈。

从这方面来说，男性是真的不如女性自律，同样差不多年纪的罗燕和郭珍就可谓是貌美如花，身材保持得适宜得当，半点看不出来年岁的痕迹。

先前就有传言，说银监这届领导是上头空降，四十的年纪了，又在银监这种半个政府机关上班，郑予安想象对方是个啤酒肚半秃顶还真没什么问题，以至于等见到真人时，他才知道自己错得有多离谱。

星期一开完晨会，陈莉就说银监的车一会儿就到，郑予安想着亲自去接那是应该的，便与秦汉关打了声招呼，下到了一楼大堂。

小银行对上级部门那是相当重视，秦汉关过了五分钟也跟着下来接人。他下意识要给郑予安一根烟，被拒绝了。

"你自己的呢？"秦汉关问。

"我最近不怎么抽了。"

秦汉关眨了眨眼："这么养生？"

郑予安瞟他一眼："你也少叫我去喝酒。"

就在这时，前头保安正引着一辆车进院子，秦汉关"哟"了一声，说好像来了，车子停在台阶前的空地上，司机下来拉开车门，郑予安探了探头，还没看清楚车里的人，为首的几个已经先下了车。

秦汉关扫了一圈，轻声嘀咕道："没有美女啊……一水的大老爷们。"

郑予安假装没听到，他在分辨哪位是那名沈主任，可实在没见着符合啤酒肚又秃头的样貌特征的人。

最后一个下车的男人个子很高，穿的西装非常考究，他转过头低声与旁边的人说了些什么，侧面的脸部线条是亚洲人中少有的立体，带着一股忧郁小生的气质。

秦汉关有些意外，故意凑近了郑予安道："这男人真帅啊。"

秦汉关还想说什么，他所谓长得不错的那个男人已经走了过来。

郑予安站在原地没有动，沈落的目光在他和秦汉关的脸上来回扫了一遍，停了半晌，才淡淡地道："幸会，我是沈落，请问哪位是郑总？"

秦汉关坐在会议室里，等郑予安泡茶进来。沈落带着人与他面对面坐着，介绍完一圈，秦汉关还有些回不过神来。

郑予安好几次忍不住去看沈落的脸，男人在扫材料单子时戴上了一副金丝框眼镜，他刘海有些长，抄上去大部分之后，有几缕落在额头上，显出了一种雅致的时髦感。

大概是与晏舒望待得久了，郑予安近来也忍不住开始注意起一些人的外貌，他身边不乏长得好看的人，但沈落的好看却完全不同。

他仿佛是件昂贵的艺术品，特立独行，浪漫且富有诗意。

沈落看了一会儿文件才抬起头，他摘了眼镜，秦汉关咳了一声，客气道："要不要先搬材料？"

沈落点头，指了指身边几个小伙子："让他们搬就行。"

秦汉关笑："我们行又不是没人了。"他看了一眼郑予安，后者站起身，主动道："我来帮忙吧。"

沈落的目光又落到了郑予安身上，郑予安被他盯了两次，显然觉得有些奇怪，露出了一副稍稍疑问的神色。

沈落突然笑了。

他屈起食指，指关节有节奏地点了点桌面，突然道："冒昧问一下，郑总和 SZ 银行新区支行的夏总认识吗？"

银行与银行之间会有交集照理说是非常正常的事情，但基本上很多人即使碰了面，也只是交换一个微信，除了逢年过节群发一条微信消息，平时基本都不怎么联系。

郑予安和夏一洋的关系就差不多是这种，但他们又有些不同。

郑予安朋友圈发的大部分都是图片，出去旅游、买的花、挑的家具、路边看到的小猫小狗，这类风格不知道为什么却很得夏一洋喜欢，他们虽然不聊天，但郑予安的每条动态夏一洋都会点赞，甚至偶尔还会评论。

礼尚往来，于是夏一洋发的朋友圈，郑予安也会非常积极地点赞回去。

"点赞"之交堪比神交，他们两人互相之间莫名点得多了，倒是生出一股隐约的欣赏和默契来。

郑予安没想到沈落会突然提夏一洋，他斟酌了一会儿，才道："我和夏总有几面之缘，微信上聊过。"

沈落盯着他看了几秒，似乎在判断他说这话的可信度，稍后才点了点头，似是而非地答了句："这样啊。"

郑予安心里有些迷惑，不过对方毕竟是领导，他面上没什么波澜，仍旧笑脸相迎。

　　沈落带的队伍很年轻，他本人虽然已经到了不惑之年，但光从外表看是半点都看不出来的，一整个上午，银行部门就负责搬材料，郑予安从会议室里进进出出了好几趟，沈落每次都会望他一两眼，然后意味不明地笑笑。

　　郑予安被领导的笑弄得头皮发麻，沈落倒是没觉得有什么不妥，他中午吃完饭，刷朋友圈的时候，看到夏一洋发来的微信消息。

　　"你见到小郑总没？"对方态度相当积极，据沈落观察，夏一洋有这反应一般都是在追星的时候。

　　"见到了。"沈落回复，"你就成天没事干点赞人家朋友圈？"

　　"我这哪叫没事干，人家朋友圈可好看了。"夏一洋发来个"不高兴"的表情包，又继续输入，"你加他好友嘛，小郑总的朋友圈充满了艺术气息！"

　　沈落过了一会儿才回他："说不定人家有个艺术系的好朋友。"

　　夏一洋催他："你先加人家，先加！"

　　沈落叹了口气，正巧郑予安搬了新材料进来，他看了对方一眼，突然轻咳了一声，提高音量道："郑总。"

　　"嗯？"

　　沈落保持微笑："方便交换个微信吗？"

　　从会议室里出来的时候郑予安拿着手机还有些蒙，他刚和沈落

211

交换了微信，秦汉关也是知道的，秦汉关认为这是圆圆个人魅力的终极体现，甚至严肃认真地提出"朋友交情"的可能性，看看能不能少扣点分。

郑予安到现在都无法理解，秦汉关这人是怎么时好时坏的。

秦汉关道："反正你和晏舒望关系不也很好？好一个和好两个没啥区别，谁会嫌朋友多。"

郑予安哭笑不得。

秦汉关反问："人家那么大一个客户，你不服务他，难道他服务你？"

郑予安卡壳。

银监过来检查的事儿晏舒望是知道的，郑予安中午空闲的时候与他微信聊天，谈到沈落，对方还特意问了句："秃头啤酒肚？"

郑予安讪讪地发了个"呵呵"的微信表情。

晏舒望反应很快："长得不赖。"

郑予安说："他是过来给我们穿小鞋的，跟你可不一样！你可是我们的大客户，这感情可不一样啊。"

说着说着，郑予安换了个话题道："你下班没？"

晏舒望说："我来接你。"

郑予安说"好啊"，他下楼的时候绕去了会议室一圈，沈落他们也在整理资料，看到他打了声招呼。

"明天继续吧。"郑予安客气道，"沈处去哪儿吃饭？"

沈落又盯着他看了一阵，才淡淡地道："我约了朋友。"

郑予安眨了眨眼，笑着说："真巧，我也约了朋友。"

沈落点头，他掏出手机来似乎在回消息，等电梯的时候，突然又对站在一旁的郑予安道："郑总喜欢看艺术展？"

郑予安愣了下，才说："也还好，我朋友比较喜欢。"

沈落"唔"了一声，低头又在回消息，电梯"叮"的一声开了门，郑予安挡着一边，侧过身让沈落先进去。

"我看郑总的朋友圈，上星期看了姚绣的展。"沈落慢慢地道。

郑予安的确上周陪着晏舒望去看了姚大师的苏绣展，当时厅里有一幅《三猫图》，绣得栩栩如生，晏舒望非常喜欢，甚至还向对方工作室的负责人咨询了报价。郑予安听到价格时，满脑子除了"厉害"没别的词能形容。

他当天挑了几个不错的角度拍了几张苏绣图发朋友圈，夏一洋点了赞，还在底下评论问在哪儿，郑予安回复了地址，就不知道夏一洋去没去看。

沈落话说到这儿，郑予安似乎终于有些反应了过来，这人与夏一洋好像很熟，要是有共同朋友圈的话，互相的点赞评论都能看见。

他觉得很是匪夷所思，下意识问道："您是跟夏总一起吃晚饭？"

沈落转过了头，两人安静地在电梯里沉默对视了几秒，"叮"的一声，大堂到了，电梯门开，外头站着俩人。

电梯门一打开，晏舒望的目光便笔直地射向了郑予安身边的沈落，两个男人都很高，晏舒望原本站姿懒洋洋的，此刻也下意识地挺直了脊背。

沈落与他目光交错，看向了站在旁边的夏一洋。

郑予安这还是第一次与"点赞之交"的好友线下见面，他试探地问候了一句："夏总？"

夏一洋眼尾一弯，笑了起来："小郑总，久仰久仰啊。"

准确来说，这不算郑予安第一次见夏一洋，他们最早在楼盘上遇到过，只是当时人多，一帮人互相交换微信后就各自去忙了，都算不上是正式见面。

夏一洋给人的感觉与所有人都不一样，他不笑的时候，是个看上去有些清冷却又温柔的美男子，郑予安第一次见他完全无法相信他比自己大了快十岁，而要用花来比喻的话，夏一洋就像一朵木槿花，笑起来时眼尾轻轻褶起，多了一尾柔软的纹。

有些人天生就很讨人喜欢，夏一洋就是这类人。

"沈……主任这阵子在你们行里检查，我就顺便过来看看你。"夏一洋说，他站在沈落身边，两人看上去似乎关系很好。

晏舒望在不熟悉的人面前有点端架子，他原地等着郑予安到身边来，目光从沈落脸上移开后又去看夏一洋，这回没看多久，因为沈落错身挡住了他。

晏舒望眯了眯眼，郑予安与夏一洋说了几句话后走到他身边，晏舒望问郑予安想吃什么。

郑予安道："夏总说一起吃晚饭，你觉得呢？"

晏舒望不太喜欢沈落，这人攻击性太强，在社会上混了这么多年，他的直觉在关键时刻都很准。

郑予安见晏舒望不说话，就寻思着他怕是不乐意，还没想到怎么拒绝，沈落在一旁突然说道："今天就算了吧，我本来就在郑总行里检查，私下吃饭不合规矩。"

郑予安松了口气，想想也有道理，结果夏一洋却有些没好气："你在我行里检查的时候不天天和我吃饭啊。"

沈落处变不惊："那是例外。"

"走了。"晏舒望掏出一副墨镜戴上，颇有些旁若无人的味道，"我订的餐厅，时间要到了。"

郑予安不疑有他，赶忙与夏一洋道别，还顺便约了下次聚的计划，沈落在一旁的面色算不上太大方。

他又看了晏舒望一眼，目光落在晏舒望的背影上，低头与夏一洋讲话："要聚也得我在这儿检查完了再聚，你急什么？"

夏一洋莫名其妙："你检查你的，我和小郑总见面又不会影响你。"

沈落揉了揉眉心，他最后说："你得避嫌。"

夏一洋："……"

最后上晏舒望车时，郑予安琢磨了半天也没全然明白，开车的人心情倒是不错，开了车载音响，选了首新歌。

直到开了一半路，郑予安突然道："沈处外形什么的品位不错，和你有点像。"

晏舒望抿着唇，不怎么高兴道："他就穿个正装，哪里看得出什么品位。"

郑予安哭笑不得，说："你别扭什么呢？"

晏舒望就又不说话了。

结果第二天上班，好巧不巧，又在电梯里碰到了沈落。

两人打了个照面都有些意外，郑予安是因为昨天发现沈落和夏一洋的关系不一般，沈落似乎没什么芥蒂，对他还是不冷不热的，等电梯到了楼层，郑予安先伸手挡住门，示意领导先走。

沈落路过他身边时目光微顿，突然笑了笑："小郑总太客气了。"

"啊？"郑予安只好说，"应该的。"

也不知道是不是郑予安的错觉，自此之后，沈落对他温和客气了不少，也没了之前疏离冷漠的感觉，他回头想不明白，只觉得奇怪。

晏舒望却一副了然得很的样子。

他买回来了姚大师的那幅《三猫图》，正考虑摆在客厅哪儿比较

合适。

圣诞大杂烩

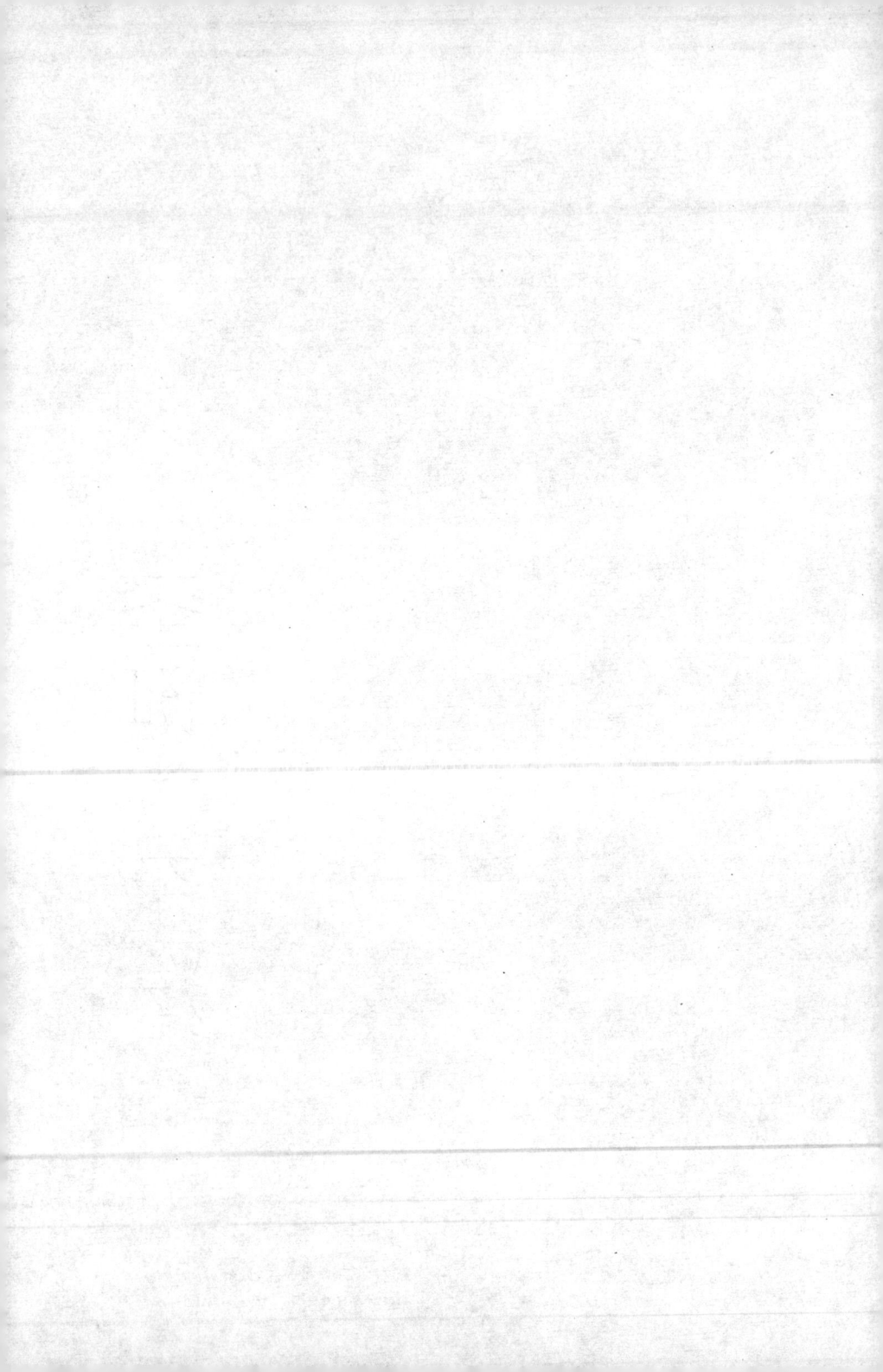

郑予安大早上刷朋友圈的时候发现同行的广告内容都是红绿色的。

交行甚至还推广了圣诞限量版储蓄卡，卡面上又有圣诞树又有圣诞老人，看着特别喜庆。

秦汉关对此极度羡慕，认为他们银行也得搞一个。

"我们有纪念币了。"郑予安在茶水间泡茶，秦汉关现在特别喜欢中午没事干跑他办公室躺着，也不知道什么毛病，说视察像慰问，说慰问又跟视察似的。

"纪念币那太中式了，咱们得中西结合。"秦汉关说得振振有词。

郑予安看他一眼，把茶倒好，秦汉关掏出烟来，问他："抽吗？"

郑予安好声好气地道："我在戒烟。"

秦汉关看他的眼神有些悚然："真的假的？怪不得桌上见不到烟灰缸了。"

郑予安懒得多解释，过了一会儿，秦汉关又问："到底是谁让你

221

下定决心戒烟啊？"

"喝茶吧。"郑予安头痛道。

晏舒望准备邀几个朋友聚聚。

"都有谁啊？"郑予安在电话里问。

晏舒望说："你都认识。"想了想，他又建议了一句，"你请点儿你朋友？"

郑予安笑起来："请谁啊？秦汉关吗？"

晏舒望知道他不会请，但就听着觉得好玩，虽然有时候觉得都过三十岁的大男人了这么说有些矫情，但在晏舒望心里他想不出什么别的词来形容郑予安这么一个人。

晏舒望觉得他能给郑予安一面锦旗。

郑予安想晏舒望让他请朋友来，肯定是希望到时候能热闹些的，他想了想，给夏一洋打了电话。

那头接得很快，夏一洋的声音清清亮亮，特别熟稔地叫他："圆圆呀！"

郑予安忍不住笑，故意道："夏小花同志。"

夏一洋"哎呀"了一声："我比你年纪大那么多呢，别瞎叫！喊哥！"

"哥。"郑予安特别乖地喊了他一声。

夏一洋终于满意了，他还端着架子问什么事儿，郑予安说要请他吃饭，夏一洋一听就来劲儿了。

"多少人啊？"他问。

"就我和晏舒望的几个朋友。"

"那我带'沈老爷'一块儿来！"

郑予安笑得不行："随便你，你带谁来都没问题。"

和郑予安挂了电话，夏一洋又上赶着去通知沈落。

沈落在电话里听完，半天没出声，夏一洋正在兴头上，连晚上穿啥衣服都想好了。

"你这也答应得太快了。"沈落无奈地道，"我这边又不是没饭局。"

夏一洋警铃大作，声音都高了个八度："你要和谁吃饭啊？"

"你的偶像，季老师也邀请我们了。"

夏一洋一听到"季钦扬"三个字，就跟打开了追星开关一样，特别激动："那就一起呗！我马上给谢孟打电话！大家一块儿热热闹闹的，多好！"

沈落："……"

夏一洋说干就干，立马挂了沈落这边，去联系谢孟，沈落握着手机，表情跟噎了口芥末似的。

开玩笑，一个晏舒望还不够，这回又来个季钦扬。

　　一想到晚上得当陪衬，还有极大可能各方面都被对方比下去，沈落整个人都不太好。

　　他一边想着晚上穿啥才能显得自己贵气又英俊，最起码年轻个十岁，一边扒拉着联系人想要搬救兵。

　　最后拇指停在"拳王"这两字上，沈落终于有了主意。

　　反正郑予安都说了随便带朋友，晏舒望可就管不了他带谁来撑场面了。

　　白谨一没想到沈落居然会邀请他一块儿过圣诞。

　　拳王刚打完拳，咬着拳套在嘴里，一只手快速地回消息。

　　赖松凑在他旁边，问了句："你准备去？"

　　白谨一没说去还是不去，江深和夏一洋的关系特别好，沈落别的本事没有（这话不能当他面说，"沈老爷"会不高兴），好朋友却是个"自来熟"，谁都能搭一块儿，还让人拒绝不了。

　　白谨一肯定会答应。

　　热热闹闹地过节是一件有意思的事。

　　夏一洋这边联系了谢孟，自然也想到了江深，谢孟倒是有些担心："你请的人会不会太多了？"

　　"当然不会。"夏一洋信誓旦旦，"圆圆让我随便请呢，热闹点多好。"

谢孟总觉得哪里不对，但具体又说不上来，他想来想去，担心和郑予安不熟，贸然去参加饭局会不会尴尬。

夏一洋心就挺大的："怎么会呢，大家都是银行系统的，多交朋友那就是多条路子，只有好处没坏处，你别多想，有我呢！"

安排好了谢孟和江深，夏一洋又去给郑予安回电话，郑予安还真没想到他这一圈能拉来这么多人，笑着道："哥你还一点都不客气啊。"

"我这是给你撑排面啊！"

"我谢谢您嘞。"

两人又说了一会儿话，郑予安才把名单报给晏舒望。

"六个人？"晏舒望确认道。

郑予安："是不是得多安排一桌？"

晏舒望："自助，多几个人没什么关系。"

郑予安听到"自助"还有些惊讶，他开玩笑道："你不会请了人来表演节目吧？"

真请了世界知名西洋乐组合的晏老板谦虚道："自助送的。"

郑予安不是太信："多少钱？"

晏舒望态度挺强势："反正没让你出钱，别问了。"

郑予安对他这种大手大脚的仪式感又无奈又感动，结果还没感动完，晏舒望居然还有别的要求。

"我给你送了套西装。"他说，"一会儿你下班换上。"

郑予安这回是真吃惊："还要换衣服啊？"

晏舒望似乎对他颇有些嫌弃："你早上穿出去的那套太土了，我给你重新搭配了一套，精致点。"

郑予安："……"

晏舒望在对于"美"和"好看"方面的追求是真的特别在乎，郑予安和他相处后也稍微开始注意了一些审美方面的东西，每次感觉自己有些进步的时候，往往仍旧会被晏舒望的精致程度给震撼住。

下班前，衣服还真送到了郑予安的办公室，对方是裁缝亲自来的，全程服侍着郑予安换好。

陈莉看着自家领导穿着一身笔挺的西装下班，忍不住开玩笑道："郑总这是要去当明星走红毯啊？"

郑予安低头看了一眼，羞赧道："好像是太正式了点。"

陈莉夸他："真的超帅的。"

郑予安想了想，又去附近的花店买了束花，圣诞节鲜花的价格要比平时高不少，郑予安也没犹豫，挑了最贵的花让店员好好搭配。

卖花的小哥特意花了点时间，把花束做得很精致。

他拿着花去了晏舒望订的西餐厅，那边室外室内都被包了场，郑予安刚到时发现林念祥已经来了。

“小郑总。”林念祥对他的称呼一直没变，看到他手里的花时有些意外，“你买的？”

郑予安不太好意思：“是啊。”

林念祥笑：“你们还真有默契，但这花你可能送不出去了。”

郑予安：“嗯？”

郑予安还是没反应过来林念祥是什么意思，他没看到晏舒望，以为对方还没来，于是先上门口那边等着。

他刚才进来得急，没注意，晏舒望包场的西餐厅整个从里到外都正式装点了一番，不知道是不是专门请了公司来，门口做了花廊，草坪上整齐地摆着复古造型的地灯，郑予安看了一圈，越看越觉得似乎有些过于隆重了。

有车子开进了停车场，郑予安看过去，并不是晏舒望的，最先下来的是夏一洋，他居然穿得也很正式，毛呢西装，戴了条格纹围巾。

身旁是沈落，长大衣，围巾换成了纯色，不得不说沈落一向很会自己搭配，他个子高，头发稍稍留长了一些，刘海抄到后面又不显刻意地落下几缕在前额上，要不是上个月“沈老爷”还带队查过郑予安他们行，旁人大概没人会觉得他在机关里工作。

夏一洋并不急着进去，他想着要和郑予安介绍新朋友，于是没等一会儿，白谨一和江深便到了。

　　他们俩年纪最小，白谨一非常抗冻，12月还只穿一件卫衣，帽子套在头上，底下一条工装裤加马丁靴，特别桀骜不驯，因为练拳的关系，肩膀又挺又阔，郑予安看到他就想到之前流行的"肩膀扛女友"话题，感觉就是给白谨一量身定做的。

　　江深穿得比白谨一还显小，从上到下一身白，他甚至戴了一副毛茸茸的耳罩，看到夏一洋，笑着眯起眼来。

　　"我给你介绍下。"夏一洋非常兴致勃勃，"白谨一，国内最年轻的轻量级拳王；江深，国际著名芭蕾舞演员。"

　　郑予安一时被这俩又是全国又是国际的名头砸得有些晕，他看着江深的脸，总觉得眼熟。

　　"之前来仪舞团的巡回演出。"郑予安问道，"您有登台吗？"

　　江深有些惊讶："郑先生去看了？"

　　郑予安没这么多艺术细胞，对这些更感兴趣的其实是晏舒望，他还记得对方搞到了过年的票，两人准备一起去看。

　　江深道："过年我也有节目，是和星枝师兄一起合作的。"

　　郑予安"哇"了一声，捧场道："我们一定去看，一定去看。"

　　白谨一在外面待得有些无聊，他扫了一圈周围，不动声色地挑眉，朝着沈落抬了抬下巴，嘀咕道："你那朋友想干吗？"

　　沈落神情了然，心中嗤笑。

　　谢孟和季钦扬也来了。

谢孟没来得及换衣服，不过他是行长，不需要整天穿行服，从不出错的整套黑色西装，外面搭了一件驼色的中长大衣。

季钦扬又换了发色，这次居然是淡粉色还烫了卷。

粉色衬得他肌肤如雪，眉目如清月，这种雌雄莫辨却又不显弱气的气质，再难有第二个人能驾驭得住。

时尚主流媒体特别宠爱季钦扬这么个人，他今天甚至还高调地穿了皮草。

郑予安是知道季钦扬的，但他没想到对方穿得像来砸场子的，一时半会儿都不知道该做什么表情。

谢孟与他交换了名片，互扫微信加上好友，淡淡地道："别理他，就这脾气。"

老朋友、新朋友都来了，郑予安不可能不招待，他领着一大帮子男人浩浩荡荡进去，林念祥看到后表情有些震惊。

"都是你请来的朋友？"他问道。

虽然其实只能算是夏一洋请来的，但郑予安很讲义气，绝对不甩锅："是啊。"

林念祥沉默了一会儿，心想：郑予安朋友的颜值怎么都这么高，不知道晏舒望的等会儿能不能"艳压"众人。

林念祥无语问苍天，他喊了一声"Colin"，郑予安一抬头，就看到晏舒望从草坪另一头慢慢走了过来。

晏舒望故意扫了一眼后面，像个最终赢家似的平静道："你还请了不少人？"

郑予安只能讷讷地"嗯"了一声。

晏舒望笑着道："圣诞快乐。"

番外五

奥运会

作为人生第一次坐在奥运看台上现场看比赛，郑予安可以说是内心非常自豪且激动的，当然不菲的票价是晏老板报销的。

看台的位置很好，郑予安坐下的时候就发现周围有不少熟悉的名人，他带了小国旗、喇叭，脸上还贴了国旗，没戴帽子，晏舒望坐在他旁边，脸上没贴，手腕上贴了国旗标志。

选手进场前，周围的人已经开始拍照和录视频了，郑予安没有这种习惯，他在和晏舒望分析每个选手的优劣势。晏舒望没那么懂游泳，但很爱听他讲，郑予安是真的在校队游过，讲起来头头是道又不会让人听不懂。

另一边有人坐下的时候，郑予安被打断了一下，他瞥了一眼觉得有些面熟，但转头一想刚才见的名人基本都妆容齐全，带着大小设备跟拍，恨不得全世界都知道，像这种这么低调的，要么是真泳迷，要么就是太没名气了。

作为情商满级的人，郑予安很会察言观色，他看得出来身边这人不太想被关注，便继续和晏舒望聊天。

只不过晏舒望感觉有点心不在焉。

"怎么了？"郑予安低声问。

晏舒望看他一眼，淡淡地道："你坐过来点，等会儿应该还会再来一个人。"

郑予安一头雾水："来就来呗，又不是坐不下。"

过了一会儿，果然来了个妹子，但是那妹子下一秒就拿出一面超大的国旗，非常自然地塞给了她身边的人。

妹子热情地喊着："你们几个男的高！一起帮忙举起来！"

郑予安："……"

他低头看了看手里，又抬头撞上了旁边人的视线，对方似乎还有些不好意思，但行动上却没看出来多不好意思，挺腼腆地说了声"谢谢"。

郑予安越看他越眼熟，他意识到能让他都觉得眼熟的名人，一定不是什么没名气的小明星。

"没关系。"郑予安大方笑道，他把国旗拉过去一半，顺便递给了晏舒望。

一转头的工夫，郑予安终于想起来他是谁了。

许惊蛰，国内最年轻的三届"视帝"。

郑予安其实一开始是不敢相信的，虽然两人对视了，他也确认了，但四处望了一周，还是觉得不可思议。

一个国民度这么高的男演员，居然是一个人来的，除了国旗什么都没带。

而且众所周知许惊蛰十分敬业，只要出门在外，在会被拍到的场合，都恨不得把自己收拾得精致到头发丝，像现在这样几乎是不修边幅地出现在公众的眼皮子底下，难怪一时半会儿都没人能认出来。

郑予安是不追星的，但许惊蛰不一样，人家是正正经经的演员，就好像普通人欣赏工作能力强的同行一样，谁会不喜欢演技好又不"作妖"的美男子呢。

"是许惊蛰欸！"郑予安跟小孩儿似的，跟晏舒望分享秘密。

晏舒望看了他一眼，无动于衷："是吗？"

郑予安耐心道："演《守山人》的许惊蛰，你不是和我一起看过吗？"

晏舒望"嗯"了一声，突然问："你热吗？"

郑予安愣了愣，哭笑不得道："游泳馆怎么可能热啊。"

晏舒望这回没再岔开话题，他跟着郑予安和许惊蛰举起了国旗，结果三个人太高了，站在最外边的妹子踮起脚都够不着。

妹子："……"

彩虹琥珀

　　郑予安刚想体贴地说他们三个人来举就行，突然有个戴着鸭舌帽的高大男人接过了妹子手里的旗子，口气不小，动作倒挺绅士的："你到前边去喊，旗子我帮你拿。"

　　郑予安只觉得这人声音熟悉，下一秒就又听到他对着许惊蛰抱怨道："怎么你又给自己找活干了？"

　　许惊蛰的语气很是平淡："举国旗欸，多好的事啊。"

　　郑予安从来没有像这一刻这么"八卦"过，他当然认出了梁渔的脸，毕竟很少有男人能帅得这么出挑，又是最年轻的国际影帝。

　　电影演员在普通人心里总要显得更神秘一些，特别是近几年除了拍电影，梁渔低调到几乎找不见人，但是"狗仔"始终热衷于挖掘梁渔的"八卦"。

　　郑予安想到昨天还看到有狗仔爆料，说梁许二人疑似不和。

　　郑予安面无表情地看着身边两男的举着同一面国旗，心想这还叫不和吗？！

　　梁渔与许惊蛰沟通完才看向他们这边，眼神没怎么在郑予安脸上多留几秒，倒是和晏舒望对上时，微微挑了下眉。

　　两人身高差不多，脸又都是美到极致的类型，眼神一碰上就跟电闪雷鸣似的，郑予安都有错觉自己头顶上要烧着了。

　　幸好比赛开始，前面领喊的妹子中气十足："开始了开始了！中国队加油！冲啊！！！"

郑予安和许惊蛰明显更关心比赛，两人紧张地抓着国旗，跟着前面的女生一块儿喊。

郑予安喊得跟场外主持人一样："腿打起来！保持呼吸节奏！转身转身！注意转身！！！"

许惊蛰大概是太紧张了，一边喊还一边附和起他来："对对对！加油啊！注意注意！！！"

两人喊着喊着居然还喊出了默契来，等到中国队率先触壁的时候，郑予安高兴地与许惊蛰击掌。

另外两边激动地伸开手等着击掌的男人们："……"

运动员们根据名次，分别上台领奖牌，奏国歌，最后国歌结束，郑予安和许惊蛰还冷静不下来，两人举着国旗上下挥舞，直到梁渔问："你不是要找小赵去签名吗？"

许惊蛰想起来："对啊，我差点忘了。"

他下意识转头问郑予安："你要不要一起去？"

郑予安已经拿了纸和笔，晏舒望的 WE GO 找的就是游泳队代言的，只能说眼光好，签得早。

运动员退场的时候，观众不能进场内干扰，以免发生意外。两人借着身高优势靠近前排递出纸笔让选手们挨个签名，还挤着一块儿拍了合影。最后实在是"革命友谊"太深刻了，郑予安和许惊蛰甚至交换了微信。

第一次与明星交换微信，郑予安还挺紧张的，他看着许惊蛰要给自己加备注，提醒道："我是 JZ 银行的，最近在帝都的总部开会，下个月才回去。"

许惊蛰听到"JZ 银行"时愣了愣，表情有些惊喜："你们是不是七夕那天要拍反诈的公益广告？"

郑予安跟着惊喜起来："你怎么知道？那天是我们和公安合作，与几大行一起合拍的。"他反应很快，"你是公益代言人？"

许惊蛰一边笑一边点头："看来我们还要再见面呢。"

约好了新的见面时间四个人才分开前往别的看台，郑予安不但让游泳队的选手在纸笔上签了名，后面还在自己 T 恤上也签了，他穿在身上有一种与有荣焉的感觉，拍了照发给一堆人看。

当然还不忘发给刚交换微信的许惊蛰。

对方发了个哭的表情，说早知道自己也这么签了。

晏舒望看着他互动倒也没干涉，郑予安似乎才想起晏舒望来，朝他笑了笑。

晏舒望则是皮笑肉不笑地看着他，"哼"了一声。

番外六

新家

1

作为 JS 银行高净值私行客户，晏舒望想要买房的时候，一般是会有理财经理陪同到楼盘现场一起看盘的，主打的就是一个贴心陪伴，服务到位。

当然除了理财经理，晏舒望如果想要换人陪，在不影响工作的情况下，秦汉关都得出马，谁让晏老板是 JS 的大客户呢。

秦汉关在听说晏舒望看楼盘的时候，就时刻做好了被联络的准备，结果等来等去等不来，下去一问，说是郑予安已经去了。

秦汉关大受震撼，心里还有点不服气，陈莉觉得他这个脾气发的真的是没道理的，笑着道："秦行你也不看看郑总是谁，再说论外貌，论情商，你也比不过郑总啊。"

秦汉关非常委屈："我没他好吗？！"

陈莉无辜地眨了眨眼，实话实说："差得有点远啊，秦行长。"

公认外貌情商无人可比的郑予安倒是第一次陪大客户看楼盘，晏舒望不知道是突然哪边来了兴致，前一阵就断断续续在看好几个靠近湖边的楼盘，似乎是有养老的打算。

"咱们这边的容积率只有1%，主打的就是一个高端舒适，绿色氧舱享受，独门独院，边界感强，没有任何隐私隐患。"销售小姐用着电子激光笔，为晏舒望指着他之前倾向的几栋楼，热情地道，"您可以看下这外立面，我们公司特意邀请的新加坡顶尖设计团队，获得过多项设计大奖。"

晏舒望看房的时候没有太多情绪，他的脸是极美的，不做表情的时候看起来也像一幅画。

他问郑予安："你觉得怎么样？"

郑予安给的答复很诚恳："适合退休养老。"

晏舒望点了点头，他又说："我想去看下环境。"

售楼小姐当然没问题，还安排了电瓶车，让保安载着两人去看。

像这种别墅区，门头居然不显，有一种曲径通幽、豁然开朗的感觉，因为靠近山湖，空气有一说一的确不错，绿植茂盛，郑予安抬头便能见枝上的花，开得肆意又烂漫。

相比销售的口若悬河，晏舒望果然更喜欢自己真正看到的，他看中的那一栋在最里面，因为容积率低的关系，很有可能住进去一年都碰不到邻居。

销售拿来了门禁卡，带他们进院子看户型。

传统别墅，算是上有天下有地，少有的采光面积大，地下室一半厅都是亮的。

"顶上还有露台，您想做阳光房也行，做露台花园也行，我们这儿都能给批。"销售小姐踩着高跟鞋也是健步如飞，上上下下介绍电梯井，哪边能干什么，防水做得怎么样，户型方不方正，最后还问了一句，"要不要请风水来看看，保证是个宝地。"

晏舒望似乎挺满意，他又问郑予安如何。

郑予安开他玩笑："要我住我肯定说好。"

晏舒望买房就和买裤子似的简单，付钱签合同很爽快，郑予安看着有些眼酸，但想想自己以后来玩偶尔也能住，突然就心里舒坦了。

售楼小姐热情不减，因为是现房，所以当场就给了钥匙，说是方便业主装修，电子锁的初始密码都没改过。

缴税开票什么的，不需要晏舒望操心，郑予安自觉接手过来，说一个礼拜就能帮他处理好。

"那你干脆给我找个装修房子的。"晏舒望在回程路上的时候提了要求。

郑予安笑道："你别说，我还真认识朋友做这个的。"

"哦？"晏舒望来了点兴趣，"什么时候找机会聊聊？"

郑予安有些惊讶："真要找装修啊？"

晏舒望："你都这么说了，我还客气什么。"

郑予安想了想，以防万一地问道："那你喜欢什么风格的？我先跟我朋友说一声？"

晏舒望彻底笑了起来，他一手撑着脑袋，侧过脸来，看着郑予安："圆圆审美好，你喜欢的准没错。"

2

郑予安当然不会那么厚脸皮的只顾着自己的喜好装修晏舒望的房子，人家老板客气，他可不能顺杆子爬呀。

他说有做装修设计的朋友还真不是什么场面话，郑予安没下班就给杨也发了消息，对面没有马上回复，他也不急，和晏舒望约了一起吃晚饭，而后便回了公司，等他批完几个贷款，杨也才打来电话。

他们做装修这行的人给郑予安的感觉就是——回信息是不可能的，他们就爱打电话。

"你有急事就给我电话。"杨也上来就不怎么寒暄，直接道，"我上午在工地，下午在改图，哪有时间看消息。"

郑予安笑道:"你最近生意这么好啊?"

"就那样,怎么,你又买新房了?"

郑予安第一套房子就是杨也给他设计装修的,当年杨也还是个大公司底下的一枚小设计师,郑予安的房子算是他第一次独立接的案子,可谓非常认真,里里外外都给郑予安设计得极其用心,用心到他比项目经理去工地的次数还多,一度让对方以为这房子是他自己的。

因为杨也干得好,郑予安后面还给他介绍了不少项目,直到前两年,杨也终于独立出来开了设计工作室。

"不是我。"郑予安道,"是我们老板,买了套别墅,就在湖边,靠山那边,想让你看看。"

杨也阴阳怪气道:"哪个老板呀,你们银行老板那么多。"

郑予安不客气地回道:"说得你好像老板少一样。"

"那我不一样。"杨也大言不惭,"我最重要的老板就是项目经理,好的项目经理啊,我愿意为他当牛做马。"

郑予安:"……"

两人都觉得择日不如撞日,就在今晚和晏舒望一起见面吃饭,晏舒望收到通知的时候还有些反应不过来。

郑予安说:"装修房子宜早不宜晚,再说杨老师是个有趣的人,你和他一定合得来。"

晏舒望不置可否，但他对郑予安一向很信任，于是便答应了
下来。

郑予安本着熟人聚餐不喝酒的习惯，订了家私房火锅店。

他与晏舒望到的时候，杨也已经在点菜了。

3

像杨也这样"自来熟"的社交达人某种程度上来说已经不多
见了。

他上来第一句便是："来者都是客，今晚我请，两位老板给个面
子啊。"

晏舒望大概是许久没见过这么"奔放"的人了，表情玩味地瞅
了郑予安一眼，郑予安凑在他旁边小声道："就说他很有意思了吧。"

晏舒望毕竟涵养好得很，招呼道："杨老师。"

杨也夸张地抖了一下，吊儿郎当地说："晏总，晏老板，千万别
喊杨老师，我就一画图的，叫小杨，小杨！"

郑予安坐下来看菜单，忍不住道："行了，别耍宝了。"他又点了
几个晏舒望爱吃的菜。

杨也的眼珠子转了一圈，主动问："晏总新房怎么个打算？几个

人住啊？"

晏舒望笑道："我自己，最多偶尔来个朋友。"

杨也还没说话，郑予安就把户型图递给了他。

"你看看。"他说，"布局有没有什么想法？"

杨也无奈道："饭还没吃呢，你就让我干活，这就是资本主义剥削啊？"

郑予安只当没听见："地下两层地上三层，你觉得留几个房间合适？"

杨也只好扫了一眼，说："留一个房间就够了。"

他又突然想起什么来，问郑予安："你不是英国留学过吗，怎么样？风格要不要大胆点？"

郑予安不太确定，他看向晏舒望："你喜欢极简风吗？"

晏舒望摇了摇头："一般般。"

杨也嗤之以鼻："那种什么都没有的风格也不知道怎么流行起来的，不是白的就是灰的，要不然再加个黑，我这天天画十张图，九张都是这样的，但凡放一栋楼里，业主喝多了走错个门都认不出这是谁家。"

他这一顿吐槽输出实在太密集，郑予安和晏舒望都忍不住笑起来。

郑予安对晏舒望讲："我就说他有意思吧。"

晏舒望点了点头，他的确欣赏杨也这样的人，真诚、直白、不装。

"具体风格就杨老师您定吧，"晏舒望最后说，"我没意见。"

"至于预算嘛。"晏舒望继续道，"我也没有限制，杨老师看着发挥就行。"

杨也听完，很夸张地"哇"了一声，两眼都快射出金子了，他朝郑予安和晏舒望比了个大拇指，由衷敬佩地道："不愧是老板，您就是这个！不多说了，明天我就去量房！"

第二天，杨也真去量房了。

作为高净值客户的晏舒望，JS 银行肯定照顾到位。

郑予安午休时给杨也打了电话，对方语速很快："我算了一下，土建完成面的话能有 480 平方米，花园 120 平方米左右，等下拉个群，到时候先出布局规划图，晏老板有什么动线方面的要求也能在群里告诉我。"

郑予安说行，等杨也组了群后便将晏舒望拉了进去，没过一会儿，郑予安发现群聊里又多了一个人。那是个全黑的头像，名字叫李夕澜。

郑予安私聊杨也问："这是？"

杨也难得没有秒回，过了好一会儿，才发了段语音："最近和我合作比较多的施工队的老板，专业得很，放心。"

郑予安挑了挑眉，没多说什么。

4

晏舒望见到李夕澜名字的时候难得露出了一个惊讶的表情，他点开对方的朋友圈，发现果然在自己的通讯录里，三天可见，啥都没有。

他还没说什么，对方却第一时间没什么礼貌地发来了一个问号。

晏舒望："……"

李夕澜："你的房子？"

晏舒望回了句："你负责施工？"

李夕澜发了一条很短的语音过来，声音调侃："我这不得在你工地里撒野啊。"

晏舒望："……"

要说晏舒望和李夕澜的相识，就不得不说 WE GO 创立初期，他们的办公地点从小厂房到大商业 CBD，这里面一系列的工业装修上。

与别的大公司不太一样，李夕澜的团队从 WE GO 还是小厂房的时候就跟着了，哪怕换到了商业 CBD 的中心位置，薛铭本来是想用招标的形式来找装修工程队的，结果李夕澜三言两语就给他搞定了。

"你们看不起谁呢？"李夕澜当年很是嚣张，"我手底下的人，航空火箭都能给你造出来。"

晏舒望管的就是财务这块，他发现同样的工程，李夕澜就是能做的比别人好价格又便宜，晏舒望与他没什么太大摩擦，早期的交流都只在结款上，晏舒望结钱也爽快，从不拖欠尾款，但两人不知道为什么，就是有点合不来，晏舒望对此的总结是两人天生气场不搭，互相就是看着拧巴不顺眼。

只能说城市太小，晏舒望想装修房子，居然都逃不开李夕澜的"魔爪"。

"你找到我是福气啊。"李夕澜一点没觉得自己讨人嫌，还打电话给晏舒望，"我干活你知道的，又好又快，你这别墅找我就是对了，看我不给你弄一个艺术品出来。"

"……"晏舒望扶着额，问了别的，"你和杨老师是朋友？"

提到杨也，李夕澜又突然话锋一转，问："对了，我还要问呢，你和他怎么认识的？"

"我这也是朋友介绍的。"

李夕澜冷笑了一声："算他还有良心，记得我。"

晏舒望好奇道："你俩要是关系不好，他还会找你的施工队施工？"

李夕澜恨恨地道："那是因为我活干得好，就他那矫情的图纸矫情的脾气，有几个工人受得了他呀，合作得那么舒服，他再不记着我点，我去他工作室拆墙去。"

晏舒望听他这张嘴一说话就头痛，无奈道："你能别那么粗鲁吗？"

李夕澜笑得特别不羁："那没办法，我不是你们这种文化人，干粗活的，穷讲究啥？"

晏舒望："……"

5

晏舒望与郑予安提到李夕澜时，郑予安还挺惊讶的："世界也太小了，居然都认识啊？"

晏舒望笑道："你和他也认识？"

郑予安摇了摇头："我不认识，但杨也刚出来工作时，提到过有一个李老板帮了他不少，应该就是你说的这位。"

在装修界，不少设计和施工是分开的，独立设计师经常会和固定的几个包工头合作，算是小本经营两头不吃亏，杨也和郑予安平时联系并不多，但看他朋友圈工地情况，基本都能确定，他的合作工头就那么一两个，重头就是李夕澜。

晏舒望问他有没有见过李夕澜，郑予安说没见过。

晏舒望的表情就有些玩味。

"你下次可以见一见。"他说。

郑予安有些好奇："怎么说？"

晏舒望难得一副卖关子的脸，意味深长地道："你见到他就知道了。"

别墅装修开工是需要一个开工仪式的，郑予安特意挑了个宜动土的良辰吉日，摆了红绸布、花、水果还有饮料和金锤子，杨也在现场拿着设计图还在走来走去地改细节，郑予安让他来帮忙，顺嘴问了一句："项目经理来了？"

杨也看图纸的动作顿了顿，不怎么情愿地道："应该，来了吧……"

郑予安莫名其妙："你没通知他。"

杨也有些不耐烦地道："老早就说过了，他又不是小孩。"

郑予安有些看不懂他的态度，杨也也不解释，他今天穿得很随意，卫衣卫裤，刘海长得遮住了眼，脸小又白，显得人特别年轻，像刚毕业的大学生，要不是郑予安和他认识多年，绝对不会相信他比自己还要大两岁。

"你老板呢？"杨也问。

"在停车。"郑予安忍不住又问，"你要不要催一催你的项目经理啊？"

都到这个时间了，业主都要来了。杨也似乎真的有些担心李夕澜爽约，他不情不愿地掏出手机，开始发消息。

郑予安又惊讶了："你不打电话？"

在郑予安的记忆里，杨也可没什么发消息的习惯，做装修这行的人每个都是急性子，工地有啥事都是一个电话打过来当下就要说清楚的。

杨也的表情有些复杂，也不好解释，他正发着消息，晏舒望就进来了，他看了一眼现场，便笑着走了过来。

郑予安道："项目经理还没来。"

晏舒望低声道："我在地下室碰到他了。"

郑予安松了口气，刚想跟杨也说不用通知了，对方来了，就看到杨也一副牙痒痒的表情准备往外走，结果还没走到门口，郑予安就看到一个身材颀长的人，歪着身子，也不好好站，靠在毛坯的门框上。

杨也："……"

李夕澜接近一米九，他今天特意穿了工装服来，裹着一身藏不住的腱子肉，他抱着胳膊，几乎半低头看着杨也，阴阳怪气道："杨大设计师，早啊。"

杨也憋着一口气,郑予安真怕昏厥过去。

晏舒望当看笑话,招呼道:"李老板。"

李夕澜对着他还比较正经,举手打了招呼。

李夕澜看向郑予安,后者才发现李夕澜虽然身材像黑帮成员,却长相偏秀气。

李夕澜不开口还好,一开口就是损人的话:"现场搞这么隆重啊,早知道我带只鸡来,放血驱驱邪?"

众人:"⋯⋯"

郑予安终于知道晏舒望为什么要让他见见人了。

他的目光在杨也和李夕澜之间转了半天,第一次担心这套房子的装修能否顺利进行⋯⋯

（全文完）

图书在版编目（CIP）数据

彩虹琥珀 / 木更木更著 . -- 武汉 : 长江出版社，
2025. 9. -- ISBN 978-7-5804-0157-1

Ⅰ . I247.5

中国国家版本馆 CIP 数据核字第 2025KQ6931 号

彩虹琥珀
CAIHONGHUPO

木更木更　著

出　　版	长江出版社	
	（武汉市解放大道 1863 号 邮政编码：430010）	
市场发行	长江出版社发行部	
网　　址	http://www.cjpress.cn	
责任编辑	罗紫晨	
策划编辑	马思瑶　　杨晓丹	
营销编辑	穆念祺	
封面设计	青空鬼哥	
印　　刷	天津鑫旭阳印刷有限公司	
版　　次	2025 年 9 月第 1 版	
印　　次	2025 年 9 月第 1 次印刷	
开　　本	880mm×1230mm 1/32	
印　　张	8.25	
字　　数	153 千字	
书　　号	ISBN 978-7-5804-0157-1	
定　　价	49.80 元	